浙江少年文学新星丛书·第七辑

海飞 主编

趁光飞

梁若菡 著

浙江工商大学出版社
ZHEJIANG GONGSHANG UNIVERSITY PRESS
·杭州·

图书在版编目(CIP)数据

趁光飞 / 梁若菡著. —杭州:浙江工商大学出版社,2020.11

(浙江少年文学新星丛书 / 海飞主编. 第七辑)

ISBN 978-7-5178-4097-8

Ⅰ. ①趁… Ⅱ. ①梁… Ⅲ. ①中国文学—当代文学—作品综合集 Ⅳ. ①I217.2

中国版本图书馆 CIP 数据核字(2020)第168295号

趁光飞
CHEN GUANG FEI

梁若菡 著

责任编辑	沈明珠
封面设计	林朦朦
责任印制	包建辉
出版发行	浙江工商大学出版社
	(杭州市教工路198号　邮政编码310012)
	(E-mail:zjgsupress@163.com)
	(网址:http://www.zjgsupress.com)
	电话:0571-88904980,88831806(传真)
排　　版	杭州朝曦图文设计有限公司
印　　刷	杭州高腾印务有限公司
开　　本	880mm×1230mm　1/32
印　　张	5.5
字　　数	73千
版印次	2020年11月第1版　2020年11月第1次印刷
书　　号	ISBN 978-7-5178-4097-8
定　　价	49.80元

梁若菡,女,出生于2004年8月,自幼爱好写作、旅行、摄影,浙江省青少年作家协会会员。曾获得首届"汤汤童话书屋"少儿童话现场创作大赛金奖、第十届鲁迅青少年文学奖初中组三等奖、第十四届冰心作文奖三等奖、第十二届浙江省少年文学之星征文比赛初中组一等奖、第十四届浙江省少年文学之星征文比赛高中组一等奖、第十七届全国中小学生创新作文征文初选活动特等奖、第二十届全国青少年"阳光校园·我们是好伙伴"主题教育读书征文活动初中组一等奖、第十九届中国少年作家杯征文大赛二等奖、第五届及第六届新少年全国中小学生现场作文大赛三等奖,担任学校宣传片《班主任节》《公共文明空间》编剧,已著有个人文集《正好花开了》《半分甜半分涩》。

梁若菡

作为首届"汤汤童话书屋"少儿童话现场创作大赛
金奖获得者与浙江省作家协会副主席汤汤合影

作为第十届鲁迅青少年文学奖获得者在比赛现场北师大附中留念

作为第五届新少年全国中小学生作文大赛获奖者与著名作家余华合影

正好花开了

ZHENG HAO HUA KAI LE

梁若菡 著

不见不散
新书义卖

1日 / **7**月

17:20

天长小学孝女路校区

梁若菡，女，杭州市天长小学四年生，自幼喜欢写作，获邀于浙江省作家协会儿童文学创作优秀草的第四届首届莓语话节
「童话故事·童心飞扬」小学生童话现场创作大赛金奖，浙江省第六届小学生课内作文大赛一等奖，杭州市教育局「手拉校园」征文大赛小学组优秀奖第，作品发表在《正好花开了》等。
作文集《正好花开了》，记录了六年小学生课中的的每一个小脚印。

COMING
SOON

我的第一本文集《正好花开了》义卖海报

我的第二本文集《半分甜半分涩》赠予杭州建兰
中学校长饶美红女士

与统编本八年级语文教材同步

八年级
课堂同步作文

吴丹青 / 主编

上海社会科学院出版社

我的精选作文《我爱夏天》收录在《课堂同步作文》一书中

奇思妙想
童心飞扬

武义县阳内童话工作室 编

浙江少年儿童出版社

我的现场决赛金奖作文《树·鸟·屋子》收录在《奇思妙想童心飞扬》一书中

我的摄影作品(1)

我的摄影作品(2)

我的摄影作品(3)

塞班岛，下雨前的海滩

沙巴州，筑起童话城堡

新加坡，热情似花

写作的快乐是指引我前进的灯塔

梦想，起飞

总　序
于大地深处埋下文学的种子

　　浙江大地文脉绵长，作为培育作家的摇篮之地，历来文学巨匠云集，儿童文学的发展更是与时代共同成长。从鲁迅"救救孩子"的呐喊开始，浙江的儿童文学就开始发光发亮。而今，少年写作群落也渐渐呈现出了一派生机勃勃的势态。

　　对青少年和儿童，从某种意义上来说，同龄人的作品也许更具有相互取暖的空间，能达到心灵上一致的诉说与表达。因为他们有相同的价值观，相同的内心世界，相同的喜好与烦恼。浙江省青少年作家协会，无疑为这个群体助了一臂之力。

　　浙江省青少年作家协会邀请作家、学者与小作者进行座谈，举办审稿会，为具有一定文学创作水平的少年出版作品集。"浙江少年文学新星丛书"至今已出版六辑，入选作者最小的小学三年级，最大的也就高中二年级。一年一

001

年,一拨一拨拥有文学天分的孩子从这里出发,创作出纷繁多样、风格迥异的作品,逐渐改变着、填补着浙江省青少年文学的空白。

"浙江少年文学新星丛书·第七辑"选取了五位小作者和两个创作组合的作品,从总体上说他们的写作还留有习作的痕迹,但每一篇章都是内心世界的真挚表达。生活中的万事、万物,对时空的想象与猜测,旅行中的见闻都是他们笔下的素材。那些小小的片段,那些细节的呈现,那些斑斓而又真实的语言,展现的是一个个诗意的世界,想象的世界,童真的世界,对现实做过剖析的世界,字里行间展示出来的可塑性和潜力让人惊喜。

张梓蘅的文字中,内向的同学、留级的同学,校园里的事,老师的课堂都是写作的素材,再加上她浙江省博物馆讲解员的经历,历史的厚重与文学的灵动在她的作品里得以体现;写科幻作品的曾诚已经出版过一部作品,这是其第二次入选,他写的科幻作品,对专业名词的运用令人称奇,空间想象能力使人脑洞大开;梁若菡用美妙的语言,描写出对景物的个人体验,对生活的独特见解,展现了一个诗意的世界;吕端伊从2008年开始,于不同年龄创作的作品有不同的趣味,在诗作上多多少少印着成长的足迹;周尚梵的作品内容主要是生活感悟,从学习、旅行、运动这些平凡的生活中提取有用的素材和值得记录的内容,小作者显然很有自己的见解与风格。

青少年的写作难免青涩，但特有的灵气更叫我们怦然心动，就像小作者吕端伊在《风的秘密》里写道的：

流星为许下心愿的孩子

在大地深处埋下种子

许下文学的心愿，你们就是那些种子，若干年后，你们破土而出、茁壮成长的样子多么让人憧憬。未来的文学森林里，是否会有你们的身影？

拭目以待。

汤汤

2020 年 11 月

自 序

　　生于孟夏,活于四季,我选择成长于文学,逐光于纸笔。白日之下,文字之上。我用幻想抹开穹苍,走在扑朔迷离之下;我用翰墨踏出道路,走在鲜活梦想之上。上下之间,几年光景,总总万字。我生来空白,文学泼上波澜,我并不勇敢,执笔赶走怯懦。上接豆蔻二月,下至白齿青眉。我寻找光,于是跃入生命之下,带回窒息与震撼。我寻找自由,于是站在机翼之外,世界近在眼前。我也寻找过现实,于是转回方格纸之上,摸索初心与本原。

　　我并不完美,所以我在追光去照亮我的空隙。梦想本就疯狂,所以它能笑纳我的幼稚,包容我的不足。趁着光还在飞,我摘下簇簇鎏光,趁着光暂时停歇,我踩着梦飞向远方。

我在这条路上成长,改变。如你所见,梦想它从稚嫩到初具模样。

我不知道我的文字会如何生长,我只知道它会向阳而生,不畏跌宕。

梁若菡

2020 年 8 月

目 录

目
录

建兰的雨

不知不觉中,来到建兰中学已经有一个星期了。这几天,擦肩而过的空气,总是凉飕飕的,掌间的风,总是伴着几丝细雨。

上学的路上,总有人撑着伞快步行走。

也许是秋天的缘故,雨下得并不是很大,刚进校门,一股凉意爬上了手臂。虽然穿着长裤,但依然有些冷。

走进门厅,冷,渐渐被覆盖了。窗外的雨,仍在密密地下着。虽说密,但又细细的,在建兰的各处悄悄地织着透明的网。

雨,始终静静地下着。它轻轻地打在窗边的高树上,打在墨青的叶子上,打在树边的池子里,拼凑出一曲无声的韵律。

它好像一个充满活力的少年,精力怎么也用不完。中午去食堂的路上,雨还在下着,还在织着自己没有完成的网。一抬手,就有几滴雨珠躺在掌心。

雨好像要把整个校园、整个世界洗干净似的。

回教室时,路边的池塘中,泛起层层涟漪。水波一阵阵地散开,池中的金鱼望着那波纹,摆着尾巴。

虽然绿茵坪被雨打湿了,但仍有些男孩在雨中踢球。路边的小草一次次被雨打弯了后再直起来。屋檐下的紫色花瓣上滚动着水珠。

窗外,雨还在孜孜不倦地织网,光的反射使雨丝成了一缕缕银线,交错地散布在校园。

走廊上,有些地板被雨水弄湿了,老师、同学匆忙地走着,拿着作业穿梭在教室间。

抬头一看,醒目的建兰标志立在上方——建兰经历了多少次风雨,走到了今天。

建兰的雨,滋润了整个建兰。

天净沙·秋思

遥远的地平线上，微微泛起一抹昏黄，日轮余留下的金光，将远方的云，镀上了一层闪亮的金色。日光笼罩的一切、苍穹下的大地，渐渐从喧嚣中走出。

余晖撒在宽阔的大道上。贫瘠的土边，早已枯萎的树藤，一圈一圈、毫无规律地缠绕在树上。树虽高大，但一碰，便有干瘪的树皮稀稀落落地掉下来，树枝更是少了。藤，枯了；树，老了。

从暗红的天际，飞来几只乌鸦，叫唤几声，轻轻地落在枝干上，看着远处的那轮红日，缓缓落入大地的拥抱。

旅道边，沿着小路走着，一座石砌的小桥从对岸延伸到脚前。石块不规律地散布着,偶尔,一小片青苔从石缝中钻出。桥下,便是流水。不知为什么,这条小溪如那大路一般。一眼看去,溪底的卵石从溪水中露出一部分,流水从卵石缝中挤过。

岸上,几户人家稀稀落落地分布在各处,大门紧闭着,也许都在吃饭吧!

远处的大路上,出现了黑点,起先是一个,后面还有一个。两个小黑点不断地放大。哦,原来是一匹瘦弱的马,慢慢地在路上走着。马背上,驮着一个人,还有一个包袱。从西面吹来的瑟瑟凉风,经过马匹,经过旅人,继续向前吹去。

太阳,终于在西边的天空落下,躲进群山之中。那位悲伤的旅人,在无尽的昏暗中,向天涯,向家,走去。

平凡中的发现

发现,可以很伟大,就像牛顿发现万有引力,居里夫人发现镭;它也可以很微小,就像身边不经意间流出的爱,就像——平凡中的那些事。

不记得是哪一年了,天空终于赶在冬天的尾声,飘起了雪。从早晨到正午,从正午到下午,雪还在慢慢地下着。街上已经是一片雪白,远处的屋顶早就盖上了一层雪。雪,还在下,屋顶上的雪,好像再卜一抹雪,就要全部落下了。

世界好像被雪涂抹成了白色。同时,空气在不知不觉中静下来,平口里的喧闹,似乎和世界一起,埋在雪中了。

傍晚，天穹才舍得收起那晶莹纯洁的雪花。

整个大地，都染成了白色，白得不可思议——几乎没有什么痕迹还残留在这片洁白的纸上，包括，那棵树。

一天的雪，不知道把这棵矮小却茂盛的树压折了多少次。曾经那些纵横交错生长的树枝，被雪压落了许多，一根根还带着枯叶的老枝，散落在雪被上，也许，它本来就老了吧！这场雪只不过加快了它走向死亡的脚步。当初那些星星点点、寄托了无数人忧苦的花，也已经败落在四周。

一场大雪，又送走了许多生命。

第二天，或许是初阳吧，雪都融化了，只剩下屋檐下的冰凌，闪烁着微弱的光芒。

忽然，又想看看昨日的那棵树，却没有想到，残缺的树旁边，冒出几点绿意，在阳光的照耀下，在雪水的滋润中，几株小草在树底下萌出了嫩叶，亮眼的绿色在阳光下轻轻摇曳。

路边，又恢复了往日的热闹，几个孩子，笑着闹着，向远处跑去。

一夜花开

人们都知道，昙花与夜晚有一个美丽的约定，在一天中的那短短的几个小时，它们会在月下，一起舞蹈。

昙花，别名琼花。"琼"，美玉，泛指精美的事物，不就是形容这种花的吗？多少人为了看它那惊鸿一现，不夜不眠，在它身边守候着。

我来到这世上，已经十三年了，虽然还没到可以看破世间红尘俗事的地步，不能和那白须飘飘的老翁作比，但也算是经过了几年光阴，从一岁稚嫩到十岁懵懂，再到十三岁的叛逆，却从未见过昙花，也未曾有幸遇见传说中的昙花一现。

　　"昙花一现"这个词已经从形容昙花延伸到形容人与事物了。昙花为什么只开一会儿就谢了？原因是适者生存。这是千万年来，昙花为了在恶劣的环境中生存下去演变出来的能力，到了现在，却变成世人津津乐道的事。又有谁，懂得惊艳美丽背后的残酷？

　　"一刹那的美丽与辉煌，一瞬间的永恒。"

　　这是昙花的花语。

　　那一瞬间的美丽，是金钱换不来的。就算你权势巨大，还是得等昙花花开。昙花盛开，也许讲的就是一种缘分吧。你若与它无缘，自然就看不见。

　　关于昙花，有一个传说。

　　昙花又叫韦陀花。韦陀花很特别，总是选在黎明时分朝露初凝的那一刻才绽放。传说昙花是一个花神，每天都开花，她爱上了一个每天为他锄草的小伙子。天帝知道后，把花神贬为一生只能开一瞬间的花，还把小伙子送去灵鹫山出家，赐名韦陀，意思是让他忘记前尘，忘记花神。可花神忘不了。她选在每年暮春时分，韦陀尊者上山采露，为佛祖煎茶时开花。遗憾的是，春去秋来，花开花谢，韦陀还是不认得她。千年后,经过聿明氏的帮助,两人才相遇重逢。

凄美如昙花。

故事讲完了,最后一句话——

千年的日夜等待,昙花赴约,只为一夜花开,与月下美人共舞。

只 为 国 芳

牡丹贵为国花,有诗云:"国色鲜明舒嫩脸,仙冠重叠剪红云。"自唐朝后更为风光,"百花之王"的名号被戴在了牡丹上。

传说,武后爱好牡丹,在大明宫御花园设下群芳圃,将天下名品花卉云集其中。她在冬日游赏群芳圃时,见园中萧条,于是下了一纸诏书:"明朝游上苑,火速报春知。花须连夜发,莫待晓风吹。"却未料,天下名花都开放了,只有她平日最宠爱的牡丹依旧未开放。武后大怒,将大片牡丹焚烧后流放至洛阳,便有了"洛阳牡丹"一说。

牡丹一身傲骨,只为了武后一时的玩笑,就大伤元气,在寒冬开放，身为"花王"，自是不能忍的。它，端庄富贵，不为他人异想天开的念头开放；它，只为国家、为君一展芬芳。

它并没有因为一场大火而陨落，而是越来越闪耀。闻名洛阳后，它的名声又传至都城，多少文人为它与生俱来的独特气质而挥笔成诗。大唐盛世，大概是牡丹最为风光的时候了。

有些人，把牡丹的雍容华贵与另外一些清高的花做比较，来衬托出梅花的不畏严寒、莲花的高雅、百合的淡雅等，将牡丹比作温室里的花朵，认为牡丹娇弱至极，被园丁如同众星捧月一般呵护。虽然这种做法有些贬低牡丹，但也无疑证明了一点：牡丹是上天的宠儿。

确实如此，牡丹有傲人的资本，正所谓"国色天香"，牡丹正是那需要呵护、千姿百态的美人。牡丹的美本就来之不易，偏袒它一点又如何？

牡丹，早就不能用文字来形容了。许多人只关注牡丹表面的贵气，却没有注意它背后的文化。"牡丹文化"一词，貌似没有人听过，也不知道其中的蕴意。牡丹象征着繁

只为国芳

011

荣、昌盛、和平、美好，这些正是中华民族千百年来的愿望，以雕刻、绘画、服饰呈现出来的牡丹文化体现了中华儿女的心愿。

也许还不能用"伟大"来形容牡丹，但在百花面前，她依然是那高贵的王。国之色，天之香，只为国芳。

老屋的瓦

外婆家的老房子,终究躲不过无情的岁月,在本该万物复苏的春天,悄然无声地倒下了。

老屋留给我的最后一面,便是门前的围墙上,那一排简雅的瓦。

老屋的瓦已经有好些年头了吧,你看,那瓦缝间冒出来的青苔,有的已经布满了整个瓦片。星星点点的绿意,在一排粗犷的黑色间,平添了一丝柔和。每当雨后,我都有一种错觉,好像其中的苍绿,又多了一星半点。

雨珠在瓦缝间穿梭时的声音,大概是大自然最美妙的声音之一吧。有一位作家曾写过,在屋檐下听雨,"声如陶笛,忧婉清丽",恐怕,只有在特别幽静的时候,才能听见忧婉清丽的声音。雨和音符一起从瓦缝中跑出来,落在泥地上,构成曼妙的五线谱。可惜,在自己家时,只能听见雨杂乱无章地落在雨棚上的声音。

瓦,真是一种古老的东西呢。

在一千多年前,它就存在了,用来避风挡雨。虽然是由粗糙的土坯制成,不及皇宫里的玻璃瓦的雍容华贵,却是平民百姓的安心之物。粗糙的手将它与房梁拼凑在一起,便形成了一户人家的避风港。这里没有深宫里的流光四溢,但也没有深宫里的钩心斗角、人情淡薄。

它是朴素古老的器物;它是阳光留恋、微风徘徊、明月长眠的地方;它也是古老文化的遗存。多少个古老的纹路雕刻在它身上,多少位工匠将时间都交给了它。

于是,它就变得不一样。

江南下雪的次数不多,而一旦下雪,又是另一番景象。

雪花一片一片地落在瓦上,渐渐覆盖了大半片瓦墙,使瓦、使老屋、使整个江南变成一位含笑芬芳、不谙世俗的清秀女子,她仿佛披着一层素纱,在雪中起舞。

老屋的瓦,是我童年记忆中的调色盘,现在,一不小心,被打翻了,只留下五彩斑斓的痕迹。

画堂春

他和她，明明是一生一世、天造地设的一对儿。遥想当年，他在梨树下，白衣飘飘，玉箫声和着白中带粉、含笑娇羞的梨花荡漾在风中；她便随着乐声，在清晨的雾霭里舞着，任由玉簪金钗映出美丽的面容，轻罗衣衫舞出四月的美丽。箫声与舞姿互相缠绵。

上天却让他们两处分离，使相思的魂儿消散，相思，相望，却不相亲。一道圣旨，便将两人的手分开；一堵宫墙，又将两人的心渐渐拉远。纵使有海誓山盟，但在皇命面前，他们仍不堪一击。他出生于钟鸣鼎食之家，父亲为权倾朝野的学士，母亲为一品诰命夫人，这般荣华富贵的家族使他一出生就注定了他与皇室紧密时关系。他才华横溢，是康熙皇帝身边的御前侍卫；而她，只是他的表妹，被迫入宫，沦为一介宫女，只能以伺候主子为本分，即使在宫中偶然相见，她也不敢抬头看他。

苍天啊，你到底为谁绽放春华？

有典故记载，唐代秀才过蓝桥，为迎娶仙女而捣药百日。蓝桥相遇并非难事，难的是捣药之后在碧海相会。他与她自幼生活在一片屋檐下，一起长大，他作诗她研墨，他吹箫她起舞，他会哼唱的第一段旋律是整日里听的她的歌声，她会念的第一首词亦是他写的、他教的。可惜，他与她最终有的只是"缘"，而少了"分"。世上"缘分"二字，唯有情能解。

"如果能容我远访天河，与你面对面生活，那贫苦就随时间忘了它吧。"伤痛之余，他挥笔写下词，纸还是原来的纸，笔还是原来的笔，可心却不是原来的心，她的身影也不会出现了。

"一生一代一双人，争教两处销魂。相思相望不相亲，天为谁春。浆向蓝桥易乞，药成碧海难奔。若容相访饮牛津,相对忘贫。"

他是纳兰性德,平步青云并写成《纳兰词》;她却连名字都未曾留下,只知道她是纳兰性德的表妹,一生平庸。

他与她,便是这首千古名词的主角。

他的箫声吹拂过她的梦,她的梦亦在他的影子下,散发着淡淡的光华。

我愿为你画满一堂的春色。

我看见生活的笑靥

能看见生活的笑靥，是幸运的，它的笑靥隐藏在世界的每一处。也许，它就在你身旁，而你，却轻轻掠过了它。

生活的笑靥，可能在草丛中，可能在人群中，也有可能就在你的回眸一望中。

当你走在喧闹的大街上，也许不会停住匆忙的脚步，可若你停下一瞥，说不定生活的笑靥就会出现在眼前。

雨，淅淅沥沥地下着。雨中的西湖边，出现了我的脚印。正值盛夏，空气虽然潮湿，但荷花还是如期地为西湖添上了粉嫩的一笔。豆大的雨珠打在刚刚绽开的荷花上，脆弱的花瓣被雨滴打得一晃一晃，似乎再下一滴雨就能把它打下。

雨还在下着,可花好像不行了,脑袋向左点一下,向右点一下,像一个喝多了酒的醉汉。

就在荷花似乎要被打落时,不知是风,还是什么,让边上的荷叶凑了上去,刚好为娇小的荷花遮住了雨。雨滴肆无忌惮地在荷叶上跳舞,随着风,荷叶在湖中摆动,雨珠也跟着在宽大的荷叶上滚来滚去,时不时闪着银光。

雨,还没有停歇的意思,荷叶,还在默默地为娇嫩的荷花遮雨。

回首一望,路上的行人因为雨下得突然,不少都跑着回家。一对母子走在街上,也许是只买到了一把伞吧,母子俩合撑着一把伞。母亲在儿子不知情之际,把雨伞慢慢地向他那边倾去,而自己的衣服却被淋湿了一大半。

顿时,我仿佛看见了生活的笑靥,它是那么的美丽,又是那么的高雅!

生活的笑靥,有时,就在你没有准备好的时候,偷偷地出现了。

拥抱成长

　　当时间回到刚进入小学时,你会发现,当时的自己是那么幼稚。是啊,六年之久,时间的双手,已经将这颗天真可笑的柔弱心灵,打磨成一颗璀璨的珍珠——这,就是成长。

　　"成长",这个奇妙的词汇,从我们出生起,就相伴于旁。

　　也许,学会算是成长。

　　还记得第一次会说"爸爸""妈妈"时父母脸上欣喜的笑容吗?还记得第一次在跌倒时,不哭不闹,默默地站起来继续走吗?其实,你的身上在那些时候就已经浮现了

"成长"二字。

学会自己回家时,又为生命的成长添上一抹光彩。

由于课外班提早结束,地点又离家近,我就萌生了自己回家的念头。虽然已经天黑了,但并没有扑灭我一个人回家的兴奋。看着别人都是由父母接走的,莫名地升起自豪的感觉。

入夜了,天空早已被夜晚涂抹满了黑色。走在河边,只有微弱的路灯照亮脚下的路。时不时,身边飘过一个人影,草丛里的虫鸣与树上鸟儿"咕咕"的怪叫,使我的脚步加快了些许。忽然,一盏路灯的光芒闪烁了几下,便消失在夜空中了。眼前顿时暗了下来,心,一瞬间就乱了,脑中千万条关于鬼故事的片段飞快地闪过,我急匆匆的步伐慢了下来。

一边是树丛,一边是河流,我小心翼翼地走着,生怕一个不小心就摔入河中。大约摸索了五分钟,终于走到了另一盏路灯附近。看到亮光,我慢吞吞的步子又立马变快,一路奔跑回到了家。

成长,就是那么简单,也许,一个小小的举动就会让你在生命的道路上前进一步——会承担责任了,会鼓励身边的人了……一幕幕成长的画面,在多少年后的今天,会变得那么珍贵。

成长的道路,或许是艰辛的,可勇于去拥抱成长,明天的路,才会变得更宽、更长、更平坦。

成长的意义还有很多很多。成长,等待着我们张开双臂,去拥抱。

成长需要鼓励

　　小苗长成大树必然要经历风雨，雏鸟的第一次飞翔为那个夏天的天空添上了惊艳的一笔。

　　外婆家门前的那群雏燕，在母鸟的驱动下，终于勇敢地张开稚嫩的翅膀，哆哆嗦嗦地迈出一步，歪歪扭扭地在空中打转，那尚未经历过风雨的眼睛，在此刻写满了紧张与兴奋。

　　由于是第一次在空中飞，刚开始，所有雏燕都慌慌张张地叫着，呼唤它们的母亲，然而，那只燕子只是静静地在一旁停着，叫唤几声，算是对孩子们的回应。

　　随着在空中逗留的时间的流逝，先是一只体型健壮，毛色较灰的雏燕学会了飞翔,随着快乐的一声啼叫,向天幕深处飞去。越来越多的雏燕学会了飞翔,一只接一只相继远去,又飞回来,远去,又回来……

只剩下一只瘦小的雏燕,还在歪斜地在低空中画着八字,看见兄弟姐妹们都学会了飞翔,只有自己学不会,便沮丧地停止了练习,跌跌撞撞地回到地上,羡慕地望着天空中那些翱翔的身影,想到母鸟那冷落的目光,又默默地低下了头。

这时,母鸟扑腾着翅膀,飞到了它身边,本以为它会发出尖锐急促的声音来批评它,却没想到传出一阵温和的鸟叫,母鸟正用温柔的眼神看着它,就像人类母亲鼓励小孩一样。

当天空露出一抹泛黄的微笑时,那只小燕子在母燕的鼓励帮助下,终于能在空中自由地飞翔,那金色的阳光洒在它身上,仿佛在为它庆祝。

回头一看,一个小孩正在母亲的帮助下学习走路,跟跟跄跄地走着,不小心跌倒,母亲并没有上前扶他,而是笑着对他说:"不要紧,自己爬起来。"小男孩收回刚要流出的眼泪,爬起来,继续向那条金色的路走去。

原来,成长不只需要保护与帮助,还需要在跌倒后给予鼓励。

有一种记忆叫友谊

那个夏天，是我和她最后一次玩耍。

脚步轻轻的，又略显沉重，好像怕惊动了什么。这个夏天，我们就要毕业了，虽然在同一所初中，但没有分到一个班，缘分，就这么尽了吗？

正在我乱想时，她的声音在我耳边响起——

"走啦，别那么愁眉苦脸，我妈还等着我俩去拍照呢！"

说罢，便拉起我的手，向前跑去。

也许只有照片才能留住记忆，我和她，在那个夏天，一起拍了人生中第一张合照。六年的朋友，竟连一张像样的合照都没有，这岂不是太遗憾了？

解下头绳,披开已经垂在腰间的长发,化妆师为我们梳上一样的发型。瞟向那头发,呵,六年,陪着我们走过的,除了那友情,就只有这一头长发了吧。

对面的她,笑嘻嘻地任凭化妆师给她抹上粉底,化上淡妆。原本就漂亮的她,眨着一双有长睫毛的眼睛望着我,明眸似水,看着我化妆。

"哇,化上妆后还挺漂亮的!"

随着她的声音,我张开了眼,还没有见到镜中的自己,就被她拉去了摄影棚。

"喏,给你。"她递给我一束花,"笑得开心点啊!"

按照摄影师的要求,我们换着姿势,偶然一瞥,看见从门缝溜进来的一缕阳光正照在她脸上,照得她的眼睛闪闪发亮,恍惚间,好像望见了六年前的那个女孩,那个笑着对我说"我们交个朋友吧"的天真女孩。六年前,我们是那么的天真纯洁,那么傻,只不过,现在的我们,又有什么资格来评价呢?

"喂,回神啦!"她的声音把我从幻想中拉出,"认真点啦!"她还是那么的活泼,一如既往。

照片洗出来后,无意间看见照片中,我们的影子被光拉得长长的,就像,十年后的我们。

我会将这个夏天,连同这些照片,一起放在我的记忆匣子中。

夜色中的他

"对酒当歌,人生几何?"

古人相逢,求的就是一个"缘"字吧。

"譬如朝露,去日苦多。"

相逢,其实很美妙。就像早上的露水,若不抓住时机,霎时间就无影无踪。

"青青子衿,悠悠我心。"

倘若真的相逢了,那么请珍惜,珍惜与他相逢的这一个机会,珍惜擦肩而过的一瞬间,珍惜那短短的几秒。

"但为君故,沉吟至今。"

相逢了,就有许多机会等候着我们去发现。鼓起勇气,才能留住那些美好的回忆,在以后,才会有更多的记忆水晶,让自己怀念、珍惜。倘若没有缘分,也不要强求,毕竟,讲的是"缘"。

相逢,也许就在一瞬间吧。

漫步在西湖的苏堤上,微风拂面,好似一双手温柔地抚摸着我。群星璀璨,又像一只只眼睛安静地注视着我。

桥上人很少,也只有我这样无聊的人才会在这种时候出来吧。

踏上这座桥,走上长长的大堤。几百年前,苏轼曾带领着杭州百姓建筑这苏堤。当时,他抱有宏远志向,去朝廷当官,但世俗的险恶却令他频频失意,最终被贬到了杭州。

也许是因为夜晚光线太暗,我竟看到了隐隐约约的影子,勾画出古人的衣着,苏轼好似从画中走出来,面带微笑,步步生莲,带我回忆当时的情景。

苏轼率领百姓挥洒汗水。烈日当头,他却仍上前,指挥着人们造堤。柳荫连连,万千桃花,在他与杭州百姓的双手下出现。

"既然改变不了国家,就改变这个小小的城市吧!"

浓浓夜色中,听到他一声低喃,随即转身消失在灯光中。回头,那长堤,一眼望不到头。

"越陌度阡,枉用相存。契阔谈讌,心念旧恩。"

"明明如月,何时可掇?忧从中来,不可断绝。"

在无尽的忧郁与夜色中,他,伴着岸边的古乐,消失了,结束了这短短的相逢。

夜,依然静静的,好像,什么也没有发生。

想起了他与她

冬风荡漾,江水滚滚向东流去,乌江亭孤独地伫立在寒冬之中。

我站在这儿,曾经,有一幕悲壮的场景在这儿上演。

"力拔山兮气盖世,时不利兮骓不逝。"

他年少时就能单手举大鼎。

自叔父带他起义,便常常创下胜绩,那时的他,年少轻狂。

那时的她,亦是美若天仙。三千青丝,垂在腰间;一口宝剑,握在手中。就这样,他,与她相遇了。

他想成王,她便陪他;他征战天下,她便在背后默默看着他。她知道自己不能为他上战场杀敌，就在他身后打点好一切。

"骓不逝兮可奈何，虞兮虞兮奈若何！"

多少年过去，他身上的伤有多少，她心上的伤就有多少。她不在乎他能打多少胜仗，收复多少座城池，她只在乎他是否安好。

经过几年的陪伴，他又怎能不知她心中所想？他每次挥刀杀敌，都干净利落，手起刀落，一股股鲜血洒在战场上，他又何时不在想着她？

赴鸿门宴时，他身边的谋士劝他杀了刘邦，堂兄弟更是为他拔刀舞剑；而她，只能在屏风后悄然落泪。她只是一名妾，纵然希望他能不去，可是，又能做什么呢？

她的一双纤纤玉手，只能用来舞蹈、做女红，罢了，随他吧。

然而，终将到了分别的时刻。

四面楚歌，他的心在动摇。一杯杯酒喝下去，仍改不了内心的无奈与自弃。她一旁想，也许，现在能为他做的，只有安慰了。

她拿起长剑,在他面前舞了起来。剑在空中挥动着,似乎想要割开沉重的空气,他的眼睛,渐渐有了焦距。长裙舞动,剑起剑落,听着剑低低的悲鸣声,他与她的心中已经有了打算。

　　他去了,她也去了,但他们在这滔滔江水中留下了不可泯灭的痕迹。

　　他,是项羽,她,是虞姬,合起来,是一个悲剧。

　　我抬起头,向远方望去,从亭那边,走来一对依偎的人儿,在风中,笑着,走着。

"错误"的美

我在门前,看见一棵树。

这是一棵普通的梧桐树,那树干与其他树的树干一样,高大而又粗壮。正值夏天,它应该拥有一树茂盛又翠绿的叶子。但是,那枝干不知经历了什么,大概被人砍过了吧,凌乱地待在空中,地上堆满了残枝败叶,哦,不对,不是败叶,是绿的叶子,是散发着浓郁生命力的叶子,就这么像被俘虏的倔强士兵,默默地散在地上。

啪!一滴液体落在被打落的树叶上,又顺着叶脉,流在地上,阳光伴着温暖撒向大地,光芒落在这滴液体上,折射出微弱的光芒。

是下雨了吗？

我抬头向上空望去。哦，不是，是砍伐过的树枝流下的汁液，不一会儿，汁液就布满了整个树枝横断面。我仿佛听见低沉的"呜呜"声，是它在流泪吗？

我望着残缺不齐的树，就这么望着。

太阳逐渐升到了天空中央，那一瞬间，阳光透过仅存的叶片间的缝隙，投射到我的眼球上。我一下子张不开眼，等回过神，闭了眼睛再张开时，向那树望去，又是另一番景象。

整棵树沐浴在阳光下，被"修理"过的树叶与枝干，在这时看来，却像一对翅膀，微微合拢在树身后。那棵梧桐树，竟像一个天使，一个被上帝遗落在人间的天使——落魄，却又散发着不一样的美。

我想，这就是凤凰选择梧桐栖身的原因吧——即使残缺，也有它别样的美。

树的上空，一只断了线的风筝落在树干上，它身上已经不知有多少伤痕，但是，我透过那些洞，看见了远处的太阳，远处的希望。

　　终于结束了这漫长的思考,回过头,发现书已经被风不知翻了多少页,我看向被风翻到的这一页,又不禁笑了——

　　一个6岁的孩子,放学回到家,拿起刀子就要切苹果。只见他让苹果横躺下,一边是花蒂,一边是果把,刀子放在中间。刚要切,爸爸赶紧喊道:"切错了,切错了!"话音刚落,苹果已被切开,儿子拿起一半给爸爸看,喊道:"爸爸,好一个漂亮的五角星!"只见苹果的横断面上,由果核组成了规则的五角星……

葬花吟

人们都说我是美好的化身,将生机与美丽带给人间,所以,我从一出生就被人精心呵护,希望能给予他们幸福。可是,我好像做不到。

当我正迎来人生中最绚烂的时刻时,有一位姑娘闯入了我的生活。听说,她父母都不在了,她每日愁眉苦脸,一副柔弱精致的脸庞都整日得不到舒展,只有当那身红衣来到时,才有一丝微笑。她自幼琴棋书画样样精通,作诗更是信手拈来。然而,我的身影投射到那写有她几行娟秀小字的纸上,才发现,她的内心竟是这般苦楚。

她身体不好,园子里总有一股药香似有若无地徘徊,还夹杂着一抹忧伤，久久不能散去。她似乎压抑着一种情绪，不能释怀。终有一天，当整个府上都张灯结彩，洋溢着喜庆欢乐的气息时，她忍不住了。一个人默默地在孤寂冷清的园子里，拿着锄头，埋葬着我的同伴的遗骸，任由泪水肆意在脸上跳舞。

她一脸憔悴，苍白的病容让我感到心寒，她每挥一次锄头，就要停下休息，接着又流着泪继续。那单薄的身躯仿佛下一刻就要倒下。

我觉得，她埋葬的，除了我同伴的遗骸，还有别的什么。

我预感，有不好的事情要发生。因为，即使那抹红色来到园中，也不能使她的嘴角上扬。

最终，她一人病死，终究没有和那位红衣少年在一起。

我看见了，却改变不了什么。

我是大观园中的一朵海棠，曾看见那"花谢花飞花满天，红消香断有谁怜"的悲剧。

还有它，它并没有海棠艳丽的身躯，只在人们心中徘徊。

是它，让黛玉选择走进那看似集尽人间繁华，却丝毫感受不到一丝温暖的贾府。

是它,让黛玉选择爱上了宝玉。

也是它,让黛玉选择在热闹非凡的聚会外,一个人撑着被病魔蚕食的身子葬花。

也是它,间接造就了千古名诗《葬花吟》。

最终也是它,让贾府长辈选择拆散这对苦命鸳鸯。

还是它,让黛玉选择独自离开了折磨她已久的病房与贾府。

而宝玉选择离开了给予他爱情、友情、亲情却最后给他沉重打击的家,选择了归隐,人们叫它"选择"。

花谢花飞花满天,红消香断有谁怜?

游丝软系飘春榭,落絮轻沾扑绣帘。

闺中女儿惜春暮,愁绪满怀无释处。

手把花锄出绣帘,忍踏落花来复去。

风带着它和我看完了这首诗,我想,当初黛玉与宝玉的悲剧,错在它吗?错在选择吗?向远处望去,海棠花丛中,一位女孩灿烂地对着镜头笑着,而镜头另一边,是男孩温柔地笑着。

凄美的那一刻

人生有多少片段能幸运地留在自己漫漫记忆长河中？

人生如戏，对于那些豪情万丈、壮志凌云的人来说，唯有美人、美酒能让他们难以忘怀，我虽然不是这样的人，可在我的记忆长河里，却也有这类人物，那总有一只天鹅在嬉水游玩，它的姿态优美得像一个公主。

传说，有一位童话中的公主，与其他经典童话人物一样，被巫师下了诅咒，白天是天鹅，晚上是人。

当夜晚姗姗来迟，赴这神秘而又梦幻的约会，当月亮终于赶上十二点的钟声，天鹅，终于褪去羽毛，化作一位忧伤的女子。

她的长发被盘在头上,纤纤双臂拥抱着久违的月光,一切,都似乎因为那个约定,那个与他的约定,而变得充实又美好。

　　她轻轻抬起脚,在波光粼粼的湖面上,沾着湖水,描画着关于爱的画面。轻盈的舞步点着水面,激起一阵涟漪。晚风缠绕着她的身体,邀她共同出演夜晚的美丽。

　　她摆动着双臂,轻柔又优美;她珍惜着,珍惜的是每一次挥手,珍惜的是每一次行走,珍惜的是每一次在月光下忘我地跳舞,最珍惜的,是每一次与他的相遇。

　　一道惊雷划过夜空,划破了和谐曼妙的空气,随着空气的裂缝,噩耗像风一样冲向她,充斥着她的耳朵——他结婚了,但他身旁披着洁白嫁衣的人,不是她。

　　她沉默片刻,随即,化所有悲愤于舞姿中,向空中高高一跃,落入湖中。

　　剧,终了。但那一刻,那凌空一跃的一刻,却没有随着剧的结束而消散。

　　她纵身一跃,仿佛是在向他质问,质问他为什么违背约定,另娶他人;是在向世界控诉人道的不忠,世道的残酷,感情的善变;是在自嘲,嘲笑自己的愚蠢,愚蠢到竟相信了他的约定,嘲笑这世态炎凉。

那一刻,她仿佛不再是一名舞者,而是一位公主,真正的天鹅公主,那位,不再相信爱情的公主。

那一刻,她将芭蕾舞演员与天鹅湖公主集于一身,向世界倾诉。

那一刻,我感到无尽爱情的凄美扑面而来,从此,这种感受徘徊在我的记忆长河上空,久久不散去。

她是舞剧《天鹅湖》中的奥杰塔公主;那个看似薄情的他是《天鹅湖》中的王子;那一刻,他们是一个凄美的悲剧。

《繁星·春水》推荐语

　　《不忍》中写道,"辛苦的工程""窗外的光明""幽深的诗情""无聊的慰安""自然的牵萦"应该被人们珍惜关爱,不忍伤害。作者用了5样事物来举例,以"我用"一词开头,前5小节形成了排比,打破了这些美好意境,用最后1小节说明人应该有一颗怜悯、善良的心,用"不忍"去对待他人、他物。在人生漫漫长路上,有许多美好光明的事物,只有不忍破坏,才可以令它们长留下来。作者举了5个例子,体现了如果没有"不忍",将会怎样,给读者无限的遐想空间。

仿写

我用锐刀

　　将童话割破了，

无瑕的幻想

　　一霎时便消灭了。

我用墨水

　　将乐章染黑了。

曼妙的音符

　　一霎时便抹去了。

我用竹竿

　　将青涩的果子打落了，

微小的生命

　　一霎时便丢失了。

我用炙热的初阳

将屋檐上的冰凌融化了。

冰清的纯念

　　一霎时便蒸发了。

我用优雅的辞藻

　　将天幕上的明月遮住了，

思乡的愁绪

　　一霎时便消失了。

《伊索寓言》推荐语

寓言中的神翠鸟为了躲避人们的猎杀,来到了海岛上,而自己的孩子又被海扼杀在摇篮中。人们就像这鸟儿,为躲避敌人的暗算而盲目地相信朋友,最后虽然躲过了仇敌的攻击,却没躲过自认为最忠实的朋友的伤害。交朋友虽然要敞开心扉,但也要小心谨慎,由于过于信任朋友所受到的伤害反而比敌人造成的伤害更大。可想而知,一个以为很好的朋友带来的创伤,不仅仅是身体上的伤害,更是心灵上的伤害,这可能会使自己以后不再相信任何人,乃至亲人。

续写

神翠鸟离开海角,飞了许久,选择了僻静无人的森林作为新的栖息地。

又到了它的临产期,神翠鸟为了防止重演上次的悲剧,它守在窝边。没过多久,小鸟出生了,神翠鸟松了口气。由于天气干燥,森林着火了,刚出生的小鸟还不会飞,神翠鸟舍不得离开自己的孩子,用自己的身体保护着雏鸟。火舌肆意地在神翠鸟身上舞动,当炙热的火焰吞噬神翠鸟时,它落下了悔恨的泪水:"我真的太不幸了! 为了躲避人类捕杀,特意选择在海上、林中筑巢,没想到在本以为安全的地方结束了生命。"

幻想的舞姿

——《采摘幻想的女孩》读后感

在大众眼中,芭蕾舞、华尔兹可能才是经典,可伊莎多拉·邓肯——一位来自美国的女士,开创了与这些优雅的舞姿截然不同的舞蹈——自由舞蹈。

《采摘幻想的女孩》是伊莎多拉·邓肯的自传。从为了付租金求助数位贵妇,到连美国总统都来看她表演,短短四十九年的光阴中,她用自己的幻想开创了一种前所未有的舞蹈风格。

旧金山、芝加哥、纽约、伦敦、巴黎、罗马、柏林……每一个地方的舞台都留下了邓肯舞蹈的痕迹。她在雅典,根据古希腊的艺术创造了新的舞蹈。那种无法用言语形容的情绪,或许是激动,或许是神圣,或许是快乐……促使她成为世界上第一位散发赤脚表演的艺术家。

开创一种舞蹈并不是一件简单的事情。在邓肯表演过程中,有批评她的报道,更有上流社会权威人士的指责,但这些并没有阻挡她幻想的脚步:六岁时她就办了自己的"舞蹈学校",虽然学生只是十几个邻居家的小孩;二十一岁时她在英国的博物馆中找到了她理想的舞蹈方式。

邓肯用灵魂跳出了舞蹈的精髓,她用幻想谱写了自由舞蹈的辉煌。有了幻想,她用舞姿实现了乐曲中的生命与内涵。

美国总统罗斯福说:"在我看来,伊莎多拉就像一个纯洁无辜的孩子,在早晨的阳光中跳着舞穿过花园,采摘着幻想中的美丽花朵。"

邓肯的故事感染了生活中积极进取的我们。年少的我也心系一个梦想,那就是用笔下一个个充满鲜活灵气的字词来描绘蕴藏在内心的故事,因为我坚信:生活中,埋下梦想,自然会长成树,希望的种子,是成长的动力,它会令生命多姿多彩。我想:"即使被否定,也会照样认准那个目标。"因为我有一双翅膀,有了翅膀,就可以飞向远方,翅膀让我的梦想变得更远大。

夜游南山路

由于G20的到来，南山路经过一番修整后，再一次为杭州添上了绚丽的一笔。"火树银花"成了杭州人茶余饭后的话题，南山路涌进了无数慕名前来的游人。

跟上时代的脚步，才不会OUT。作为杭州人的我，当然也要去凑凑热闹。约上朋友，我们在晚上7点半左右从劳动路向南山路走去。走过孔庙碑林，人群渐渐拥挤起来，耳边的声音也随之喧闹了几分——大多是在谈论南山路的夜景。随着熙熙攘攘的人群，我们在谈话中就不知不觉到了南山路的入口。G20志愿者指明了方向，我们顺利地通过了警察的检查。

　　一踏上南山路，那无边无际的人群就吸引了我的注意力，一眼望去，整条马路上布满了拍照的游客，大部分带着三脚架、长焦镜头，一看就是有经验的摄影师。路上的行人都拿出手机自拍。再抬头一看，南山路上的法国梧桐已经挂上了银色灯串，两侧的树枝交叉在一起，就像一个银白色的拱形走廊。从远处望去，好似一簇簇绽放的烟花。树枝上还点缀着一盏盏独具中国特色的小灯笼，搭配着小灯，银色灯光丛中，若隐若现浮出星星点点的暖红色，真不愧是"火树银花"。

　　南山路上空还悬挂着"Welcome""恋上南山路"等银色字样，这些字衬托着那点点烟火，如诗如画，璀璨多彩。南山路周围的老建筑跟着翻新、改造，恰当的灯光效果使这些本就有些年头的建筑更富有历史性。那幽暗的小巷、暗灰色的砖瓦、淡棕色的屋檐、暖橙色的花朵，在橙黄色的灯光下，显得更有韵味。天幕上的夜色衬着这些建筑与那些站在树影下的游客，别有一番风味。

　　南山路上的画展也跟随路上的景色变得古色古香，由科学院士所绘的中国画摆在了这条路上的展厅中。虽说是科学人士,但他们笔下的画让我们看到了另一种风采:科学与历史的交汇。

"火树银花不夜天,弟兄姐妹舞翩跹,歌声唱彻月儿圆。不是一人能领导,那容百族共骈阗?良宵盛会喜空前。"柳亚子老先生写的就是这胜似火树银花的景象,而后几句,正是 G20 峰会的情形——20 国相聚,共享这繁荣盛景。

我眼中的世界

　　如果我是一滴水，我眼中的世界便是那柔和清澈的水波；如果我是一粒砂，我眼中的世界便是那漫天飘散的朦胧；如果我是一朵花，我眼中的世界便是那温暖芬芳的阳光；如果我是一只鸟，我眼中的世界便是那自由蔚蓝的天空；如果……

　　我想世间万物眼中的世界拼凑起来，一定是一个精彩的万花筒。透过这个万花筒，说不定，在哪个角落，你会发现我眼中的世界。

　　我眼中的世界，可能不及牛顿、莎士比亚眼中的世界那么深邃、崇高，但它也是美好的，平凡中不失一丝美妙。

刚来到这个世上，我眼中是一片温暖而又充满亲情的世界——父母正笑着看着我，长辈都慈祥地笑着，用他们经历过沧桑岁月的大手温柔地抚摸着我，头顶上，日光灯的光线柔和地铺在我身上，照得我的心，暖暖的，亮堂堂的。于是我心中便悄悄种下了一粒种子。

那时，我眼中的世界终于从一片混沌变成了温暖明亮。

等到我来到这个世界三年后，忽然感到心中的那粒种子正渐渐生根发芽。幼儿园里的小朋友友好地对我笑着，拉起我的手跳着、跑着、又笑着。那时的笑容，是多么耀眼灿烂。

那时，我眼中的世界又多了一个形容词：纯真美好。

到现在，我观察这个世界已经十三年了，从小学的幼稚，到了初中的成熟，心中的那个种子已经吸收了营养，开出了最绚烂的花朵——十三岁，一个美好的词语。我们有足够的青春来装扮眼中的世界，这样的花季就是要蓬勃生长，用我们的美好年华书写属于自己的世界。

我眼中的世界，即使别人再耀眼，自己也是主角，趁午

轻的岁月还未逝去，用我的努力，在我眼中的世界里，谱写

出自己的辉煌。

遇见另一个自己

茫茫人海中，也许，我们会遇见另一个自己。他，有时会在某些不经意的时候，与你相遇了。

当你站在镜子前时，留意过这个面前的自己吗？他跟着你，你向左走，他也向左走；你向右走，他也向右走。在他面前，不必强颜欢笑，因为，你哭泣的时候，他也会陪着你一起哀怨这个世界。他，有可能是世界上除了亲人，唯一会听你抱怨，陪你微笑，跟你一起，走到天荒地老的人。

你可能会说，这算不上另一个自己。

众人眼中的你，是真正的自己吗？你在同学面前是一个品学兼优的乖学生，可也许内心深处也有想调皮放肆一下的冲动;你在朋友面前很勇敢,可也许心里住着一个爱哭的胆小鬼……你可能有太多的另一面不为人知晓。你将这些藏在心底,而这些"另一面"慢慢地组成了另一个自己。或许,这一个自己,才是真正的自己。

当烟霭漫漫,雨幕斜织,一切都变得那么朦胧时,你是否会遇到另一个自己?

"一花一世界,一木一浮生。"你心中那小小的世界,才是最真实的吧?

当你走过那朵鲜花时,花瓣,会露出另一个自己;当你路过那片森林时,树叶,会拼凑成另一个自己;当你捧起那泓清水时,水面,会倒映出另一个自己;当你的眼遇见那缕阳光时,光芒,会折射出另一个自己。

"一树一菩提,一土一如来。"

或许,这世间万物,一花一草,一树一尘埃,都隐藏着另一个自己。你会因为一束花,一丛草,一棵树,一粒尘埃,抛开自我,遇见另一个自己。转角处、十字路口,或许,一个转身,就会遇见那个他。

"一砂一极乐,一方一净土。"

也许，世间那千缕万缕的尘缘，一丝丝未断的缘分中，就藏着另一个自己。你也许会与他相遇，但也许，等你走到世界的尽头，你和他依然是两条从未有交集的平行线。

你心中那方世界是什么样的？

你可能都不知道另一个自己是谁，因为我们生活在一个处处都需要"伪装"的世界。

此时，正值花季的我们，青春的种子在内心轻轻地生长，世上有太多机遇需要我们去发现。也许，在这些崭新的机会中，就会遇见另一个自己。

也许，你已经遇见了另一个自己——独立勇敢、感恩善良、分享合作……

放开双手，回归初心，另一个成功的自己就会在终点等着你。

能遇见另一个自己，是幸运的。

我爱夏季

命若蜉蝣,却也能生如夏花,夏花并不明艳,但足以灼灼一生。

七月,桔梗花开了,遍布于温煦丘陵,星散漏光,初阳漫漶,盛开于最绚烂的夏季。兀自零散的美,渐渐地,渗透进整个季节。

夏,慢慢地转,桔梗,慢慢地开。

桔梗永远是不慌乱的,就像夏季一般。不屑于海棠几夜之间,倾其所有,将妖艳的红用尽,一时的繁华却要付出永恒生命的代价。它珍惜自己的美丽,不愿将就,先是嫩黄的花蕊,从尚青的萼片中冒出,带着好奇打量着这个世界,很幸运,它第一眼看见的,是最晴朗的七月,是最明亮的夏。而后,浅浅的紫色花瓣绽开,流转着时光,小憩,感受温吞的和煦。

桔梗,悠悠之心,花开时,代表着幸福将再次来临,如同这夏,带来最明静的光华。

朋友啊,你是否也感到这愁绪?

果熟落地,这是生命中的必然,也是夏季的必然。是什么,推动光阴的舟楫,归舟烟渚,在此时已成定局? 是什么,拉动时间的引擎,人影绰绰,却终究不能汇聚在一处??

夏季的眼睛,注定有伤感的离愁,而正是这离别,让我们成长,它会与夏季一起,铺成生命道路上的砖瓦。人生必有进程,告别旧校,会有新的学校、新的朋友等待在前方,等你走累了,回头望去,看看那个夏季的我们,就会有力量,促使着你向前走去。

与君终有一别,而夏季成了那个冷漠的"始作俑者",也许很多人不喜欢夏季,只因为那揪人心肺的伤离罢了。

夏赠予我一川烟草的黄昏、沉淀百感的茶水,让我讲述夏季的往事。

姑娘，别哭

午后的阳光娴熟地在叶缝间穿梭，跑到了堆满作业的课桌上，映得桌面一片斑驳，又爬到身上，把人晒得睡意蒙眬。知了聒噪地在窗外鸣叫，教室里都是小睡的身影，慵懒与风油精的气息在狭小的空间里徘徊。我不由得打了个哈欠，向窗外望去——

还是一如既往的淡蓝色，还是一如既往的操场，不过，红色跑道上多了几道陌生的身影。

由于距离近，再加上教室里安静，我隐约听到了她们的谈话，倾听半晌，看着两个女孩气势汹汹地向另一个女孩吼着什么，而那个女孩一直低着头，不知是哭了，还是不敢抬头看她们。她的身躯在风中颤抖着,阳光此时竟照不亮她的身影。这无非是两个女孩每次都让那个女孩帮忙值日打扫卫生,结果一次被老师发现后找到她,经过再三询问,女孩将事情和盘托出。两个女孩被老师批评后气不过,将女孩骂了一通。

就在女孩抬起头,眼泪准备冲出眼眶在脸颊上肆意流淌时,就和经典剧情一样,走出一位学姐,她机智地化解困难并解救了她。

她走上前拍了拍那女孩的肩头,说了句话,而后就和其他两个女孩轻声细语了起来。我不记得她们说了什么,只记得学姐那熠熠生辉的眼睛与跳跃的马尾辫。是她,将女孩从委屈的深渊中拉了出来,那两个女孩本就是理亏,经她一说,顿时没有了之前的盛气凌人,道歉后匆匆离开。

哦,我还记得她对女孩说的话——

姑娘,别哭。

这时,我发现了天似乎变得更蓝了,夏日正午的阳光竟比不过女孩身影的灿烂光芒,操场好像因为那两道拉长的和谐的影子,变得截然不同。

我向楼下望去，看见路边的兰花一朵依偎着一朵，为身边的同伴遮挡住夏日的太阳。

再回过神，看见桌上的书，又不禁笑了——

"姑娘，你是自己的姑娘，擦干眼泪之后依旧美丽。"

我们不能闯到你的世界里为你撑伞，但陪伴是世上最了不起的安慰方式。

建兰班主任节

建兰,生在深山幽谷之中,星散漏光,雨水漫漶,盛花于夏末秋初。

白露之尾,秋分之始,建兰像是最明静的孔雀蓝釉,和为她奉献的每一位班主任一起,滴入绵竹成阵的江南。

她,作为班主任,就像这建兰一般,馨香,温润。在如家的校园里,饱蘸泠泠的清水,柔和地呵护着每一个学生。

初阳的蒂就要脱离黑夜的束缚,果熟落地,微光将经过一昼夜浸泡的棉絮,松散开来,与一天伊始的活力一起,蔓延到建兰的每个角落。她,自然地融入教室之中。专属于微小物什的馥郁和她似水的目光,轻柔又不失力地落在每位同学身上,使得早读有条不紊地进行。静静地,她靠在教室后的博古架上,就这样,构成了恬静如水的一幕。偶然间,水波泛起,引动阵阵涟漪,她也悄然无声地笑着,偶尔出声提醒,就是这若水的包容与大气,使班级里恢复了平静,她就像水一般,抚平了波澜。悠朗书声,她在这背后默默地付出,待到任课老师进班开始讲课,又悄悄退出教室,将这已经管理好的班级交给任课老师,不引起水的一丝荡漾。

时间的马磨完了半袋麦子,将时间轴推到高挂的太阳底下。大课间井然展开,她又准时地站在跑道旁,一圈又一圈,手里已经满是学生脱下的衣服,眼中却还是荡漾着慰意。水,慢慢地流,时间,慢慢地晃,她,总是用水的包容与温润,注视着班级的孩子,看见落下的学生,走上前,鼓励他继续向前奔跑;而那些学生,又总是被这似水的力量推动着,迈开疲惫却坚定的步伐,向前方跑去。待跑操结束,她又走到那些筋疲力尽的学生身边,细声交谈,期待他们下一次的进步。

她,又像是生活的导师,总在恰好的时机出现,身上所散发的亲和力,如水一般,平静了学生的内心。课余时间,她锐利的目光总能发现学生的低沉,将它从生活时间之匹中精准地抽出,一切,都刚刚好,连谈话的桌子前,阳光折射的角度,都那么贴近人意。世间似乎没有比她温和如水的语调,更能抚平人心了。她就像连绵波折的柔水,循循善诱,将学生心中的抵触,一层一层地瓦解,裸露出它最真实平凡的模样。她的谈话,不那么刻意,却总能抓住你最脆弱的地方,然后慢慢地,慢慢地,将它修复。

这,是小家之爱,是建兰每一个班级中都有的爱,那么平凡,又那么独一无二。这个班级随和无争,上善若水,这正是这位班主任最想传达的。而建兰的班级中,都有这样一位班主任,默默支撑着这一切,改变着班级。

岁月的老人暂且停下纺了一半的纱,光阴的舟楫交互滑过,日晖绽放出最耀目的光彩,空白了半个昼夜的青砖此时终于添上了绰绰人影。午间的惬意在食堂内扩张,喧闹的人群中,唯独她静静走在过道上,所过之处,似乎没有人愿意打破这一切。她站在队伍的尽头,注视着排队打饭的学生,像是幽谷深处的明兰,散发的平和气息,使得骚动的人群渐渐有秩序。巡视食堂时,发现浪费饭菜的学生,她会及时提醒,并给出建议,使同学们尽量将饭菜吃完。若是发现身体不适而未将饭菜吃完的学生,她依然会关心,询问情况,给予关怀。她,与环境格格不入,又那么协调。

对于卫生,她严格要求,将教室的每一个角落都打扫干净,虽不需要做到一尘不染,但教室的一切都显得干净整齐。而学生,只是尽责任地做到她要求的每一点,不需花太多精力,就可保持整洁,这就是她的魅力所在,也是建兰每一个班主任的魅力所在。

自修,一天中最享受的时光。她坐在班级讲台前,咫尺距离,却能让学生自主安静地学习。学生的黑笔与作业相互摩擦,发出"沙沙"声,她的红笔也在家校联系本上不停地写着,认真反馈每一个学生的日常情况,解决家长的疑惑,不间断地翻页,弄出"哗哗"的声响,还有什么比这更动听呢?

这,是大家之爱,是建兰整个学校中所充满的爱,而这一份爱中,有无数个她的身影,这是每个像她一样的班主任所共同追求的爱。

　　建兰,是个家,而这一个大家庭中,是班主任们勤勤恳恳的工作,使得这个家变得如此美好。在这个特殊的日子里,让我们对自己的班主任说一声"谢谢"。感谢你们在背后的付出,感谢你们为我们、为班级、为建兰做出的每一份贡献。

　　愿你们一生若兰若水,馨香温润。

摇啊摇

她坐在木头摇椅上,看着窗外,摇啊摇,摇啊摇,摇了很久,很久……

每天清晨,她会赶在朝露初凝的时刻,将那把新木摇椅挪到窗前,一切都是那么安静,仿佛一切都是她的。然后,在初生的和煦里,摇啊摇,摇到她倦了为止。

"吱呀,吱呀。"

虽是新木做的,但也禁不住长时间的摇晃,摇椅发出了声响,和着怡人缓慢的节奏竟是那么和谐。摇倦了,她转身看向这把摇椅——最近家里新添了一个弟弟,外公高兴之余,砍下门前的梧桐树,为家中新添了好几件家具。

她小,外婆便给她这把摇椅,她也不嫌弃,乐呵呵地拖着它玩儿去了。

外婆空闲了,便抱着小小的她,在摇椅上摇,还唱着——

"摇啊摇,摇啊摇,摇到外婆桥……"

当时她觉得,这便是世上最美好的事了,小小的她,小小的家,可温暖并不小。

那年赶上饥荒,家里一贫如洗,家人把能卖钱的东西都卖了,那几件新木家具也不能幸免。当家人走向她的木头摇椅时,她死死抱着椅子,眼泪打在摇椅上,木色被弄上了几点斑驳,而那阴影又快速散播,布满了整个椅背——是外婆,是外婆拨开人群,轻轻地抚摸着她,缓慢但又不可抗拒地说,算了吧。人群这才散去。

外婆又抱着她,坐在那失而复得的木头摇椅上,开始唱道——

"摇啊摇,摇啊摇,摇到外婆桥……"

苍老但又令人安心的歌声,与摇椅的"咿呀咿呀"声交融在一起。咦?摇椅的声音怎么变了?好像,更沉重了,不过,睡意随之席卷而来,她没想那么多,安心地睡去了。

直到外婆去世那天,她才明白那声音为何显得如此压抑。外婆躺在床上,断断续续地对她说,孩子,不要伤心,看到摇椅就当看到了我吧。说罢,用尽最后一丝力气唱着——

"摇啊摇,摇啊摇,摇到外婆桥……"

歌唱到一半,就戛然而止,家人哭着扑上去,只有她,呆呆地站在原地,耳边只有"摇啊摇"的歌声,与一旁摇椅的悲鸣声隐隐约约地飘荡。死神如恶魔般抓住她的肩头,失神与凄凉死死地植根在她心中,久久不离去。

等到她当母亲了,才得以解脱。沉浸在照顾孩子的忙碌中,只有当已是外婆的母亲给外孙女唱歌时,她的眼睛又没了焦距,耳边还是那首熟悉的歌——

"摇啊摇,摇啊摇,摇到外婆桥……"

她辛勤劳动了大半生,许多事情早已淡忘,只有那首歌,一直徘徊在她痛苦挣扎的心中。

她将那把早已封存许久的摇椅搬了出来,同时,也将那个摇椅从记忆中搬了出来。

现在，我正坐在她膝头，摇啊摇，听着那首歌，也听她讲述往事。

她是我的外婆，生于兵荒马乱的年代，只有那首歌与那把摇椅是静静的。

"孩子，世间最留不住的，是人啊！"

说着，又开始唱起那首歌——

"摇啊摇，摇啊摇，摇到外婆桥……"

她身下，早已破旧的摇椅，一直在摇啊摇。

我的世界春暖花开

门前是种在木架上的青梅，绿得诱人。

油亮的绿意有些晃眼，大片的叶子从木缝间探出，不久便铺满了整个园子。虽然头顶是有些炽热的阳光，但是这明亮的叶沁出些许凉意，凉到人心底生出惬意。

立春初至，青梅便开了花，却依旧是微小的花，闻不到一丝花香，这让每天放学的人经过门前时有些沮丧，本就因考试成绩不理想而受影响的坏心情越发低落。

坐在门前，呆呆地望着满架子的绿叶与那星点的白花，细小的花瓣在风中随意地晃着，明晃晃地，还是有些刺眼，刺眼得就像……像书包里的那张试卷。想到考试，平静下来的心情又开始懊恼了,转身走时,不忘瞧上几眼青梅,心想:全枯了最好不过。

不过几日,又是从考场走出的我,身心疲惫,路过门前,那青梅依旧绿得刺目,光滑的叶子反射出的光泽蹿入我眼中。我揉了揉眼,气恼地踢着木架子,整株青梅剧烈地摇动着,枝上的花摇摇欲坠,却怎么也落不下来。将考试的不快发泄在青梅上后,我转身走进家中,连小小的青梅都这么硬气,我怎么能放弃。

还是坐在门前,端着手中的书复习,一面苦记着知识,一面愤愤地看着那青梅,依旧是那刺人的绿,心中不免想着:等我有了好成绩,回家就把结的青梅全摘下来。暖融融的春意洒在我身上,消除了我心中的几分不平。

然而,青梅却没等到被我摘下的那一天。我信心满满地出门,没看见晃眼的绿色,只看见满地被折断的木架与埋藏在下面的青梅,不知是昨晚的春雨造成的,还是园林工人将它砍断了。我愣了一会儿,踏着满地的春光,坚定地迈向考场。

拿到的成绩单上,没有刺眼的红色,我做到了,却又想到那明亮的绿色,春光化进眼眸中,那绿色,却是诱人的。

揣着胜利经过门前,还是破败的景象,望着那片斑驳,忽然冒出一点青绿,我伸手拨开木条,不由笑了。

是青梅上的一根枝条,零星的白花中,是一颗尚还青涩的梅子,凑近,有一股涩涩的梅香。

手中,是涩涩的花与果实,口袋里,是满意的答卷,再抬头,是暖暖的春天啊。

我知道,我的世界终会春暖花开。

会安古镇

在南方的南方,有一簇灯火温和地闪烁着,成了我心中最温暖的地方。

去往会安古镇的路上,岘港的海风一波波叠合着,从窗户缝隙中挤进车厢,微咸的尾巴在座位间穿梭着逗弄嗅觉。忽然,腐朽的木香混杂在其中,我一抬头,就看到了会安古镇模糊的身影。

刚走进古镇,几位穿着奥黛的少女笑着从我面前跑过,一抹明黄色的裙边和斗笠的尖尖一角消逝在古镇巷口的转角。而那转角,又自然地融入了会安古镇的灰瓦青石中。沿路,都有热情的会安少妇贩卖手工食品,大豆烧制的糖水上漂着泛白的杏仁片,仰头喝下时,余光瞟见屋檐下的老妇人,戴着尖尖斗笠,摇着手中的梭"咿咿呀呀"地织线,米白、朱红、橘黄、嫩红,颜色从她手中漏出,跌落在门前发白的石板上,晃得眼睛有些发涩。

热带的温度真令人眷恋,低一分令人有些皱眉,高一分却又是慵懒的气息。会安古镇里,擦肩而过的风暖得恰到好处,包裹着裸露的肌肤,勾勒出柔和的线条。这样的风,连花都不胜自开。大朵大朵的鲜花从墙缝间、屋檐上倾漏而下,姹紫嫣红,幼嫩的枝条直伸到路人脸颊边,与身后微暗的黄色墙头一起消失在会安古镇中。

走过几条街后,天色渐渐黯淡下来,这时,属于会安古镇的时光才刚刚开始。

踏上一座桥,路灯微亮,所有的光芒好像有了默契,将自己的光亮降到最低,河面上静静的、暗暗的。越南语,好似吴侬软语,抚平了心中的褶皱,低头一看,是一个会安小女孩,手中的竹篦里是闪烁的河灯,衬着她尚还青涩的脸庞忽明忽暗,耳边棱角分明。连画带猜后,我买下了一盏河灯,再向河面上看时,又是另一番景象。

千盏万盏河灯已经在瞬息之间被点上,悄然放入水中。黑暗之中,看不清灯是什么颜色的,只依稀看见,灯盏内的蜡烛将其映成一片白色。偶尔路过的微风拨弄着细小的灯芯,每一盏河灯上一秒似乎就要熄灭,而后下一秒,又摇晃着燃起,在水中熠熠生辉。

而岸上,每一家店铺前都挂上了手工编制的灯笼,又让我想起了天未暗前,屋檐下老妇人的彩色。此刻,它们被有规律地排列在一起,组合成一盏盏灯火。微弱的灯光从细绳间逸出,滴落在人群熙攘的青石板上,又快速蔓延开,染亮了整个会安古镇。

走过明亮的古桥,绕进幽静的胡同,这里虽不及身后的街道热闹明亮,但还是有一簇灯火在温和地闪烁着。隔着一个墙头,听见从门缝中流出装不下的笑意,虽听不懂里面的人家在说些什么,但其中暖暖的家的感觉,跨过语言的门槛,轻叩我的心门。

南方的南方,有一簇灯火在会安闪烁着。

在幕后步步生光

我知道我是向往舞台的,长大后想在舞台上发光。

所以,我是不甘的,在我被戏剧社分配到幕后工作后。社里的学姐对我印象并不深刻,所以在规划艺术节表演时将我分到幕后,失落轻轻地挠着我的心,一如几天前当我将不被重视的绿萝搬到新家客房角落时,它柔软的藤蔓轻轻挠着我的掌心一样。

我并不喜欢绿萝,这种只会舞动浓得化不开愁绪的绿意的植物,不及其他将时光滚落在花瓣上的植物讨喜,所以到新家时,就将它扔到了角落。

幕后工作的失意与新家刺鼻的空气,将我跌跌撞撞地推回了旧房子。将其他生活必需品拿回来之后,我将绿萝踢进了更深的角落,转头便遗忘了它。

身为幕后工作者,被分配到的衣服都只是黑色的衣裤,为了与舞台上的幕布融合在一起,方便在换景搬道具时不引人注目。舞台上,几位主角的服装揉进了江南最温柔的水波与异域最明艳的阳光,在追光灯的投射下,衣袂翩跹,裙角画出最完美的弧线。

一切与我的想象背道而驰,长大后的明星梦想碎得千疮百孔。繁杂的工作不外乎送水,为演员准备好更换的衣服,在上一幕结束后急匆匆跑上舞台,手忙脚乱地搬动道具,布置好场景后又急匆匆跑下台。所有的幕后工作不带走天边的一片云彩,也不会带走观众的一点注意。

每次给台上演员递水时的一句"谢谢"让我没有那么抗拒幕后工作。但每天带着一身的疲惫,回到旧房子是令人失望的。终于,我在艺术节前一天回到了新家,新家还有一股淡淡的甲醛味,但当我推门进客房时,清新的空气让我把眼光投向房内唯一存在的物品——绿萝,它正在默默地呼吸着,吸进一口浑浊的空气,吐出一口清气。

我从来不知道绿萝在默默地发挥它的作用。

艺术节的戏剧表演上，我依旧在做属于自己的幕后工作，但表演后，社长给予我们幕后工作人员一束光，让我们收获了巨大的掌声。

我是知道的，长大后要成为一名幕后工作者。

"若在舞台上，则熠熠生辉；若在台下，则许你安然绽放，依旧步步生光。"

留一扇门

虽然我不知道为什么，母亲也从未和我解释过，但她一直习惯在楼道口留一扇门。

那门轻轻地半掩着，金属制的锁搭在一旁突出的锁芯上，只要轻轻一拉，就可以打开门，听见绿皮的铁门"吱呀吱呀"地响，锈蚀的铁制网格与浑浊的玻璃门相互碰撞，像是一个老人对时光最温柔的低语。

这幢居民楼本就像是一个老人，我出生后就住在这里，那时它就已经老得看不出外墙的颜色了。是母亲与楼里的老人一锄一挖，让爬山虎长满整个外墙，遮住粉刷的漆快要掉完的楼。

　　我的邻居都是老人,从六十岁到九十岁不等,他们将这幢楼装满了时光与一股淡淡的,独属于老人的味道。每天的他们都是微笑的,好像岁月从未在他们身上停驻,他们的皱纹里填满了时间浸出的阳光,可我从未从他们的笑中读出慈祥——我总觉得那笑是属于孩子的,因为孩子才有稚嫩与懵懂。

　　我以为,母亲留一扇门是怕老人们没有力气去推门,或者忘记带钥匙出门,可他们每天红光满面地爬上楼梯,让我觉得老人们没有羸弱到连一扇门都开不了。母亲的习惯,我是一直不知道为什么的。

　　那天星光正不偏不倚地滚落在我桌前的抽屉上,微风正暖,时光正好。我从窗台望下去,正好看见母亲牵着住在我们楼上老人的手,带着她走向那扇留着的门。我和她们之间的距离正好,让我看清老人脸上仓皇滴落的泪水,与她口中的低喃——

　　"我找不到家了。"

　　母亲推开那扇门,像哄小孩一样将老人送上了楼。回到家后,她与父亲小声的交谈让我似乎明白了些什么,明白了她的习惯。

阿尔茨海默病,陌生又熟悉的字眼。难怪每天早上我与楼道晒太阳的老人打招呼,他们总是用很长时间才记起我的名字,难怪他们口袋里都装着写有住址、联系电话的名牌,难怪母亲会有这个习惯。

这幢楼里的老人大多都有阿尔茨海默病,通常在外走着走着就忘了回家的路。母亲因为好几次看见老人无助地敲着其他楼的门,按着门铃,被人呵斥后流下泪水,所以一直习惯留一扇门,给这幢楼不一样的颜色,好让老人们找到回家的路。

上天一定会多给这些患有阿尔茨海默病的老人一些时间,也多给母亲一点时间,好让她一直给他们留一扇门。

我知道,母亲留的,是他们心里的那一扇门。

我已经长大了

我看着你步履蹒跚的背影,我才知道,时间原来走得这么快,我拦不住它,也拦不住你的老去,我的长大。

十多年前,我住在你家,母亲工作繁忙,我的童年,是你陪着我过的。印象中的你总是那么高大,一身蓝色的工装短袖,好像从未老去,我稚嫩的手还搭不到你的袖口,你抱着我转啊,笑啊,我从来没有觉得自己会长大。

每天的晚霞转悠到家门口,你牵着我的手转悠到附近正在修路的工地。工地附近竖起了围墙,不高不矮,刚刚高过我的头顶,低过你的肩膀,你一把把我抱起来,放在你的臂膀上,让我看着工地里的吊车"轰隆隆"地工作,我看得很起劲,吊车将钢筋从工地的这头搬到那头,将水泥从工地的空地搬到高空作业区,时间投射下的影子也从我脚边的这头慢慢挪向那头。

我嘴里兴奋地嚷着"大吊车",你嘴里唱着吊车的歌谣,歌词我已经不大记得清了,只记得你的眼里满是怀念与向往。

长大点后,我才知道,你以前是名铁路工人,从青丝做到灰白的头发,那时的你却依旧记得退休前的工作生活。对不起,当时的我只懂得傻笑,却不懂得安慰。

就这样,你陪我看了五年的吊车,我的兴趣从未退减,你也从不厌烦。

上学后,我便离开了你的家,也渐渐远离了与我度过了整个童年的你和吊车。

再回去看你时,你崭新的蓝色工装短袖已经洗得发白,原本有神的目光也黯淡下来,只有在看见孩子时,才偶尔闪出亮光,是想念的泪花。

我和你再次走过家边的工地,这次不是在修路,也不是修高架,而是在修地铁,我的肩不再只到你的腰,手不再搭不着你的袖口,这次,我与你肩并肩。你新奇地望着工人向地下运送钢筋水泥,一如十多年前的我,佝偻的背更佝偻了,兴奋地说道:"哈哈,现在的工人真能干。"语调一如十多年前的我。我带你去坐地铁,我和你详细说着搭乘地铁的注意事项,你望着地铁里的一切,一如多年前望着全世界的我,一眼万年。拥挤的人群中,你突然显得格外渺小,步履蹒跚的背影不止一次在告诉我残酷的现实:你已经老了。

请时间善待这位陪了我整个童年的老人啊,我的外公。如果我的长大是以你的老去为代价,我宁可不要长大。

但现实在提醒我,我必须要长大。

我穿过人群,紧紧地抓住你的手,再也不放。

信仰，很重要

終于到了佛落地生根的地方，佛教民众所信仰的神山。

每一个来到这里朝圣的藏族同胞，心中到底怀着多少的信仰，才能支撑着他们步履蹒跚、跌跌撞撞地走到这座山的脚下。

中国有导演曾经跟拍一支朝圣的队伍长达一年，真实记录了朝圣路上的艰难不易，并将这部影片命名为"冈仁波齐"。这是那座神山的名字，但我知道，它所承载的不只是这四个字那么单薄，可以被人轻描淡写。毕竟，信仰很重要。

可敬可畏的藏族同胞，能告诉我你的信仰有多深吗？

纳木错湖灌溉雪莲的湖水怕不及它的千分之一。几千公里的路程，一步一磕头，我知道，信仰一直都在，你的每一次跪拜，膝盖与柏油路面碰撞产生的水汽，滋养了佛脚下的莲花。

可爱可喜的藏族同胞，能告诉我你的信仰有多高吗？天山山脉的顶上聆听风声与佛语的岩石怕够不上它的万分之一。恶劣的环境没能使你低头，遭遇车祸后无法运作的拖拉机没能使你停下脚步，你依然与其他人万众一心，用身体推动沉重的车身，我知道，信仰一直都在，你每一次放声歌唱，嘴唇与静谧的空气摩擦出的火花，点亮了大昭寺佛前的一盏长明灯。

镜头前的路程，真实而又漫长，我不知道哪里是尽头，你也不知道，但你一直在坚持，不是吗？

我再也找不到合适的词来形容你，你的信仰有多大呢？拉萨铁路边迎风猎猎的彩旗，怕是比不上你的千万分之一。虽然路途艰辛，你依旧不放弃，崎岖的山路上铺满了佛赐给人间的白雪，泥泞的小道上是雪化后的积水，你还是不犹豫地跪了下去，一头扎进雪中，冲进水里。我知道,信仰一直都在,你残缺的脚印,终会填满佛的祝福。

终于看见了冈仁波齐,你的脊梁已经弯下,但我看见脊梁的末端,有什么在闪烁,慢慢地支撑它再次立起,我想大声地告诉你的神,是信仰!

我知道,我一直都知道,你的信仰终会化作佛口中的梵语,从庄重的大昭寺落下,落在你的心中,成为最美的并蒂莲。

你的信仰,对我来说是最重要的,我会去学习、去传承、去实践,终而融合成我的信仰,支撑我在学习的道路上坚持前行。

愿我们有个好梦,梦中,信仰会开成最美的雪莲。

亲爱的孩子慢慢来

亲爱的孩子,你慢慢来。

你可知,我曾经有多羡慕这句话,还有你。你是堂姐的第二个孩子。堂姐长我约十五岁,生得一副清秀的脸庞,你的哥哥长你约五岁,当他有些无措地看着课外兴趣班的陌生同学时,殊不知,你啼哭落地。

亲爱的孩子,你慢慢来。

堂姐向来做事出人意料,在看着你哥哥在各个补习班中身心疲惫地挣扎了两年后,再看着摇篮里熟睡的你,果断与家人宣布,你长大后不报任何补习班,一切事情慢慢来。你又可知,站在熟睡中懵懂天真的你旁边的我,有多想把你摇醒，叫你看看这对你友善，却对我们冷漠的世界。

亲爱的孩子，你慢慢来。

你可知，自己身上有多少令人羡慕的地方。堂姐有心教你走路，但你在别人家孩子会跌跌撞撞跑步时，才舍得离开小床，发出膝盖与光滑地面摩擦的声音，堂姐却说："不急，慢慢来。"别人家孩子会歪歪扭扭写字时，你才舍得抬起眼皮，唇瓣之间相互碰撞，发出稚嫩识字的声音，堂姐却依旧说："不急，慢慢来。"

记事起，堂姐对你说了不知多少句"不急慢慢来"，这似乎促成你凡事慢慢吞吞的性格。你父亲也曾想批评你这性子，但当对上你纯真的眼眸，里面充满了柔软得能将一切事物化开的纯粹，他只是揉揉你的碎发，不多说什么。很多人都觉得你做事慢，但他们不知道的是，你将几乎所有精力倾注在一件事上的认真与细腻，当然，我也是很多年后才知道这点。

亲爱的孩子，你慢慢来。

现在看来，你细致的性子倒是给了你不少好处。上学后，你认真对待每一件事，这放在别人身上似乎是做不到的,但你有大把的精力去完成。老师喜欢你,同学们也都乐于与你交谈,因为你柔和又平易近人的性子与温柔平静的眸子,着实令人讨厌不起来。你的成绩也是一直优秀,凭借兴趣自学,弹得一手好琴。

"慢慢来"并不意味着落后,只是花了更多时间看清脚下的路,在别人急于求成的时候,你孤身一人,走自己的道路,虽慢,但也走得最长。

亲爱的孩子,你慢慢来,又何妨?

换头

2017年11月，中央四台正滚动播放着新闻，据悉，某科学组织宣布换头技术已经成功。

他不去理会，甚至连眼角也懒得动一下，去施舍一个眼神。心里却是将父亲接连一周的奇怪举动翻了个遍。最近，他觉得父亲的五官变化了许多，虽然不肯承认，但必须得说的一点是，父亲的面部棱角变得柔和，眼中有神得能将自己瞧出个窟窿的光芒似乎也黯淡下去，变成温柔得几近能将自己化开来的水潭。整个人变帅了，却变得丢三落四，以前每天板着的脸现在却总是乐呵呵的。想到这里，他不由得打了个寒战——

父亲应该没有这么多钱去做换头手术的。

早新闻还未结束，他照例坐上了地铁，前往学校。意料之中，同学们口中谈论的，无一不是这骇人听闻的换头技术——无聊，他缩了缩脖子，将整个人埋进厚厚的围巾里。父亲变了，自己被他硬塞了一条长围巾，这围巾比平常的围巾长了两三倍，不过戴起来也暖和。父亲不许他摘下来，说是伟大的父爱不能拒绝，难得矫情一回的父亲使他有些咋舌，却也照做了。不过，这令他愈加怀疑起父亲是不是真的去换了头。

上课铃响，从前排传下来的试卷让他收敛了心神，定睛一看，满满当当的数学题目挤满了每个角落与空隙，他有一瞬间想扔下手中的笔，撕掉手中的试卷。不对，身为一名好学生怎么能有这种想法，一定是脑子坏了。他正了正身子，开始认真答题，碳素笔笔尖与草稿纸流利地摩擦，行云如水的做题速度又让他有一瞬间觉得惊奇，转念一想，自己本来就这么优秀，为什么要去怀疑呢？

老师的批卷速度向来是比批作业速度快上许多。中午还未到，课代表就拿着一沓批好的卷子下发了。他忽然有一点紧张,是害怕自己不及格的忐忑,开玩笑吧,就自己那惊人的智商,怎么可能会不及格,是期待自己考第一名的紧张吧。对了,这次考了第一名,回去向父亲要什么奖励呢,要不,问问他有没有换过头?

卷子到手,意料之中的满分。

一旁的同学看见了,惊叫声却将他还未升起的兴奋硬生生按压下去——

"怎么可能?他这么差的成绩为什么会考满分?"

他的心一紧,手一顿,自己拿满分难道不是常态吗?

接下来此起彼伏的讨论声更是直接将他拖入万丈深渊。

"他平时不是只考四十多分吗?"

"对呀,他不会作弊了吧?"

"考这么好,一定是抄答案了。"

"就是就是,我们和老师告状去。"

"……"

他的手冰冷冰冷,怎么回事?为什么同学们会这么说?

在周围人的拉扯下，他的围巾被挤落在地上。

"快看呀，他的脖子上！"

"哇，有一圈淡淡的红色！"

"他的后颈上是不是有一个金属线头打成的结？"

"真的！这不是新闻里提到的换头技术后会留下的痕迹？"

"……"

原来自己早上还没有来得及听到的新闻讲述的是这个。

他感觉自己的脑袋涨涨的，疼得他蹲在地上，用手捂着自己的脑袋，好像这样就能挡住周围的非议。

原来是这样，原来是这样。

他的脑子疼得厉害，他忍不住用手一拍，咕噜——

他的脑袋滚落在地上，向前滚了几周，便不动了。

那个被他称作"父亲"的人走过来，伸手抬起那个圆球状的物体，喃喃道："让你乖乖戴上围巾，不要乱跑，怎么不听话呢？"

人一生都在布置完美的骗局，没想到最后，却将自己框在这局中了。

唯你逆流而上

你或许不知道,在我的生命中的某一刻,你显得多么重要。

初次见面,是初夏。暖得能化开一潭池水的斜阳从低矮的居民楼间的屋顶中漏下,洒在你和我之间。我们间不知隔了多少个夏天,但你微微一笑,慢慢地蹲下身子,与矮矮的我一般高,一下子,我们回到了一个夏日下的阴影里。

做任何事都考虑利弊得失的洪流下,父母能让年幼的我选择一个自己喜欢的课外班,实在不易,也确实难得。在我自己的决定下,他们将我送到了你的手中。

你问我为什么喜欢书法,我将脑袋一歪,说道,墨水的味道闻起来很舒服,摸着稠稠的,很细腻,是我见过最好的东西。你一愣,显然是对我的回答有些意外,之后我见过你同样慢慢地蹲下去,问新来的孩子同样的问题,我才知道他们都是被父母强迫送来,美其名曰"陶冶情操"的。那时,你很快地又笑了:"好孩子,好孩子,以后就和我学写字吧。"

那时的你,笑得时间仿佛被卡在了时间轴线上,每一丝阳光都恰好填满了你脸上的皱纹。

我当时还未上小学,自然有大把的时光可以和墨汁一起碾在浓稠的青花瓷碟里,然后,用狼毫笔轻轻一蘸,蘸着岁月,也蘸着甜糯,摹写着透明字帖。再往后,虽说上了小学,但不算沉重的课业负担,能让我隔几天跑去你墨香馥郁的纸堆中打个滚,沾满一身墨汁回来。那时,总有人在身边说,书法又不能为你的升学提供捷径,为什么要去呢?别去了吧。

后来,时间向后到不能再后时,当我依然肆无忌惮地呼吸着墨汁的浓郁气味时,你虽然依旧教我何时笔锋应该向外撇,何时应该收力,还时不时将各色丹青翻弄出来,教我画张好鸟鸣春图,但一转身,却是沉重的眼眸。父亲希望我能用写书法的时间去学些所谓有用的奥数,说不定能拿奖回来,对之后的小升初有帮助。你明白我在书法中所获得的乐趣与我的禀性,多次与他们沟通,才得以让我学习至今。

不知道已经是第几个初夏了,因为练习书法,已经得了不少好处,虽不能为升学起到什么作用,但父母看得出我的变化,便也不说什么了。我问正在翻箱倒柜找字帖的你:"老师,为什么当初所有人都不支持我练书法时,你一直在坚持?"你忙碌的身子一顿,说——

"因为,你第一次见我时,说出喜爱书法的原因很奇特,怪得很……大概是真诚吧,与其他那几个孩子不同,不是为了其他的。

"他们都是为了兴趣之外的理由而来,而你是纯粹的,他们忽略了书法中最重要的精神,你千万别忘了啊。"

好吧,你不知道也没有关系。

只要我知道你教会了我在纷乱的现世,不忽略最重要的东西就好。

只要,我记得你逆流而上的背影就好。

晨星未落时

临近深夜，星星似乎在空中摇摇欲坠，看着努力挤破天幕的夜空，好像吸满了水的棉絮，塞进了浮肿的身躯，让我心中说不出的郁闷，我将心中的水壶颠来又倒去，还是登上了午夜的"红眼航班"，跑去非洲看象。

虽然非洲草原的天空已经有些泛白，却不似江南天空的苍白无力，晨星还倔强地挂着几颗，努力逆风闪烁光芒。

心里正在惋惜不能多看一会晨星，大地传来轻微的颤抖，颤抖由远及近，连带着身边的枯草尖一起摇动着，抬头，远方出现几个快速移动的黑点，所过之处尘烟四起，"隆隆"的撞地声听得心脏一起上下颤抖，及近了，眯着眼终于看清了奔来的动物，是我期待的象群。

这是大草原的西部，是最有生命力的地方，奔来的非洲象比我想象中的还要高大，蹄重重地踩着泥泞的大地，碰撞声与象鸣声混杂着，被草原上野性劲烈的风一起揉进这自然的时间。象群是自由的，是奔放的，更是骄傲不羁的，它们所过之处所掀起的野蛮的风，是这片大草原上最肆意的风。它们跑过饱受风蚀的枯树，跑过枯黄的草丛，野草倒下又挺起，挺起又倒下，象群跑过了千里、万里，跑过了春夏，跑过了秋冬。它们皲裂的皮肤，是时间划下的沟壑，是生生世世桀骜不羁的性格所留下的最自豪的痕迹。

车子带着我们从草原的一头驰向另一头，一路向东。

车窗外风景的变化告诉我，我们所处的坐标从大草原的西部转移到了较偏远的东部。这里明明是太阳升起的位置，却异常荒凉。车轮好像碾过什么东西，发出"咕噜"的响声，我心中像是有双手无力地挪动着盛满水的水壶，水有些洒出来了，我走下车，心中的水壶"哐"地倒翻一地的水。

是幼象的遗骸。

虽然这个位置没有象群跑过，但我怎么看到地上的枯草尖在猛烈地颤抖呢——

请不要害怕，可怜的孩子。你庞大的头颅快到我的腰了，但森森的白骨让我感觉不到你的生机。你知道你年幼的身躯被抛弃到何处了吗？我想你是不知道的。

偷猎者渴求鲜血的长刀将你一分为二，可怜的灵魂再也找不到完整的归属。你额前深邃到不能再深的弹孔，我看见了。我看见了悲愤到不能再挤出一点眼泪的灵魂，从这中间喷泻而出。

请不要担心，可怜的孩子。我们是文明的参观者，是虔诚的参拜者。我们不是卑劣的偷猎者，不是冷漠的猎杀幼象的人。我们怀着赤诚悲悯的心，用手将你疲劳的眼皮合上。

请休息一会吧，孩子，我们刚在另一端看到你的同类在肆无忌惮地奔跑。请你相信，伤害你的人必定会受到制裁，你空洞的鼻翼两侧，虽丢失了象牙，但必定会重新填满希望。

这是同一片草原,也是不同的坐标,一个坐标上带来令人震撼的生命,一个坐标却带来生生不息的悲哀。这本可以是同一个地方,同一个生机勃勃的地方,可是人类的贪婪罪恶,硬生生将它分成了两个截然不同的位置和景象。

　　车子继续向东行驶。远处,出口的铁丝网上挂着标语:"请不要伤害动物,擅自偷猎。"一旁是穿着便装的人拿着枪械来回巡逻。

　　地平线上看不见的手将清晨第一束光夹着晨星最后的顽强淋在铁网上,我们依旧有希望去改变自然不同位置中的景象。

　　其实,晨星并未落。

窗外

他一直想看看窗外,看看窗外有些什么。

那年正逢他的生辰,外婆牵着他的手,穿过忙碌的胡同,走过商摊繁多的大街,拐过幽静的小巷,出了人群往来的城门,来到郊外山下的佛寺,拜见住持,望能求上一签,为他今后的生活祈福。

他在寺外的马头墙下等着,阳光从那高高翘起的墙头洒落,他捡着跌落在石板路上的余晖打发时间,将它扔到墙的另一头,不过他的力气小,扔了几次,阳光才堪堪擦着墙沿滚下,不过,扔过一次,看门老头桌上的钟的指针就向后挪了一点。他还没能将阳光全部捡完,外婆回来了。

他出声问外婆为何去了这么久，外婆望着眼前个子才到自己腰的男孩，笑着说没事。

回家的路上，外婆给他买了碗长寿面。他端着碗在街上走，天边是大片大片的火烧云，那红说不上来的令人舒服，比六月沁香的榴红再浅一点，比少年脸上可爱的酡红再深一点。

正要走进家门时，忽然一声巨响，再接着，他眼前那华丽古朴，藏着世间最温暖情绪的府邸就这样轰然倒下。之后，街上一阵恐慌，天空像是真的着起了火，不过那火是灰色的烟罢了，几次巨响再次充斥着人们的耳朵，手中的长寿面早已失手打落在地上，只有冒着热气的面条还能告诉他，告诉他这猝不及防的一切，再然后，他只听到外婆撕心裂肺的哭声。恍惚间，支离破碎的枪声与狂妄的笑声和着刺耳的日语，留在他眼前最后一个景象，是家门口那破损的窗子。当年这扇窗子引起了街上多少人羡慕的眼光，他着实喜欢得紧，却在今天，这扇窗子在他眼前，"哗"地碎了。

窗上镶着的玻璃零落在远处的青石地板上，他却觉得它分明扎进了自己的心窝。窗外，爹娘骤然倒地的一幕，深深地刺痛了他的双眼。眼睛为什么这般钻心的痛，他伸手摸向眼睛，却只摸到一片湿意，与淡淡的铁锈味，他一下子慌了神。泪水就要喷涌而出，却怎么也流不下来。

无措之中，一只苍老枯燥的手拉着他向一个方向疯狂跑去，恐慌仿佛下一秒就要溢出残破的躯壳，他死命地咬住嘴唇，好像这样做，充斥着全身的心痛就不会从口中冲出。黑暗爬上了他的肩头，死死地抓住他的心。

从那天起，他幼小的脑子被一个狰狞的声音填满，其余的念头再也挤不进来——他再也看不见爹娘了，不，就算他们还在，他也看不见了。原来家的废墟上，建起了日本驻军营地。

从此，外婆带着他开始逃亡，他看不见沿途的一切，只听得见人间的悲鸣。他伸出五指，妄图在这可怕的鸦灰中抓住令人心安的暖色，却终究是徒劳一场。

第一次在战乱中安顿下来，是在夏天正午的扬州。

自从他看不见后，脾气愈加孤僻。意气风发的少年被子弹和废墟压在了十三岁的意外之下，他渴望与看不见的世界拥抱,填补空虚的眼眶。他知道外婆疼他,和外婆要求一个有窗子的栖身处。

虽说战火还未蔓延到扬州,街上小贩的摊位上整整齐齐地码着翡翠烧卖,笼屉里的千层油糕泛着软糯的芙蓉色,牛皮糖和酥糖还能热乎地从商贩手里递到客人手里,但要想找间有窗子的房子暂且租下来是件难事。

外婆虽然对他明知自己看不见窗外的世界却还要直面伤疤的行为感到不解,但是她担心他把情绪放在心里苦苦压抑。现在总归是有了对生活的要求,未免不是件好事,于是努力去满足他。

她典当掉了她的玉镯,那是她六十寿宴上他娘送她的礼物,换了间有窗子的小阁楼。

他坐在窗下,抬起头问外婆,窗外有什么。

外婆沉默了片刻,说,窗外是芒种时分,是来自黄经七十五度的日晖,是……是浮响的骡铃啊,你听,天上的白日肆意生长,它与天空摩挲的声音,多好听啊,就像你爹娘唱给你的童谣……外婆不说话了,他看不见,但他知道外婆哭了,他也想哭,但眼泪在眼眶里转啊转,怎么也流不下来,朝向窗外——窗外的爹娘也在看着自己呢。

他知道,窗外是亲情,暖暖的亲情,暖得像夏夜的星,暖得像爹娘的手。

没过多久,扬州的宁静被打破,他们向西逃去,直到武汉才有机会停歇。

外婆没有说什么,卖掉了充当脚力的骡子,还是住进了有窗子的出租屋。

耳边没了轻柔的吴侬软语,取之而来的爽朗欢快的汉腔。黄鹤楼在汉水江畔凝视着波涛翻滚,檐角的琉璃瓦下是相依的亭廊。汉阳西大街上是来来往往的人群,热干面夹带着香气扑面而来,排骨藕汤用小火煨着,咕嘟咕嘟地冒着气泡。

是夜,他被外婆牵着手轻轻踱进屋内,他摸索着,跌跌撞撞地走到窗下,抬起头,再一次问外婆,窗外是什么。

外婆又沉默了,比上次还久一些,而后说,窗外是寒露时分,是耕具低沉的呜咽,是……是金色的麦浪,你闻到了吗?地里的麦香闯进屋子,它与窗子碰撞的味道,多好闻啊,就像咱家的味道……外婆又不说话了,他还是看不见,但他知道外婆又哭了,他又想哭了,但眼泪还是在眼眶里转啊转,怎么也流不下来,又朝向窗外——窗外的家也在等着自己回去呢。

他又知道了,窗外是家,是香香的家,香得像秋天的麦子,香得像熟悉的气息。

江汉关钟楼的时钟被拨快一小时,他们拼命逃出东京时间掌控的区域,身后是惨绝人寰的大火与屠杀。

不知道是第几次仓促逃亡了,外婆又当掉了他们冬天的棉衣,扯了几匹薄布,打算将半年的衣物缝好。黎明时他还未睡,外婆眯着眼借着光穿着线。他又问外婆,窗外是什么。

外婆还是沉默了,比上次还更长更久,才轻轻地说,窗外是惊蛰啦,是天上泛白的降娄在挪动时间的舟楫,是……是初升的太阳,你伸手,阳光透过窗子,多亮堂啊,就像外婆的怀抱,就像外婆会一直陪着你……外婆最终不说话了,他依旧看不见,但他知道外婆这次没有哭,她累了,去找爹娘了,他仍然想哭,眼泪在眼眶里转啊转,就要冲破眼底的最后一道阻碍,却还是没能在少年清瘦的脸庞上肆意流淌——他以为他要哭了,但眼睛依旧没有半分知觉,他向着窗外——窗外的外婆在陪着自己呢,不能哭。

他再次知道,窗外是离别,生死交替的离别,生是少年的稚气蜕变,死是老人的辛酸离去,死最终换来了生。但它是黑色的,多黑啊,好黑啊,他从未觉得眼前的黑如此浓重,他也从未像现在一样嫌恶自己的眼盲,要是自己看得见该有多好啊,这样就可以给外婆整理一下她的衣襟,虽然他知道外婆的衣衫从未凌乱过,那就帮外婆合上她疲倦的眼睛,虽然他知道每个日日夜夜外婆从未合过眼睡上一个安稳觉,这样……这样该有多好啊。

他试探地向前伸出手,摸到了带着褶皱的一片柔软,却不是外婆的手,是外婆连夜缝制的夏衣,明明衣上未缝完的地方不是心口,但他的心像是缺了一部分一样,空荡荡的,再也补不上了。

夏衣的口袋里,他摸到了一根签。摸索着上面的纹路,大概是外婆在很久之前给他求的那根签,上面刻着"衰木逢春少,孤舟遇大风",外婆努力护着他茁壮成长,让他遇见了多少个春天，终究没逃过离别的风。

　　他就这么坐在外婆的床边，什么事也不做，本要撞上他肩头的风也轻轻绕过他的身旁。他不知坐了几天几夜，他也看不见窗外是白天还是黑夜，窗外骄阳似火于他似乎没有什么意义，他试图扯下白光的一角，拽进窗内，盖住他无助又瘦弱的身躯，却怎么也拉不动它。所以，无论白昼深夜，对于他来说都是绝望的黑，迷惘的黑，无措的黑。

　　少年在战火的洗礼和逃亡的磨砺中似乎已经成长，他知道没有人会包容他的无理，他只能自己学着独立与坚强。他知道自己其实不是向往看见窗外的世界，只是想有被爱与宠溺的感觉，向往有亲人的窗边。现在，他不需要再被溺爱，战争折下了他任性的锋芒，他也不能再被溺爱，他只能自己向前走。

　　他随着人群逃亡，自然不再有有窗子的房屋等着他，也不再有沙哑的声音告诉他窗外的世界，但他心中一直有一扇窗，窗外是什么，他也说不清，但窗外还是暖暖的，香甜的，明亮的，支撑着他活下去。

　　又不知道如是挨过了多久，吃惯了江浙菜的他从被成都川菜呛到鼻尖通红,到拌着豆瓣酱躲在墙后狼吞虎咽地扒着饭;习惯了阴雨连绵的江南的他从被陕西干热的空气打得措手不及,到在钟鼓楼下安然睡去,他终于不用再颠沛流离。

他终于听见了人群的欢呼,他终于安心地站在阳光下,有多久没听见笑声了,他也数不过来,有多久没好好地吃上一顿饭了,他也说不上来。他仅知道的,就是中国,好像终于站起来了。

没过多长时间,他被接进了医院,医院里的人都对他很好。有护士姐姐牵着他的手到院后的草坪上走路,他看不见,但他知道那草一定是碧绿碧绿的,阳光一定是金黄金黄的,护士姐姐的笑,也一定是甜甜的。有医生每天询问他的病情,给他说外面的世界,鼓励他面对新的生活,他看不见,但他知道医生的声音是暖暖的,他的手是大大的,这医院里的每一个医护人员身上的衣服,也一定是他从未见过的白。

医院的窗子又大又亮,虽然他看不见,但他能感觉得到。他在闲暇时间,都站在窗前,医护人员从病房前路过,常常看见十八岁的少年逆着光,眺望远方,这一刻,他的眼睛是有神的,光芒溢出漫过了白翳。

他知道,已经成年了的他,已经不怕风雨与磨难的他,爹娘和外婆再也看不见了。

当他的眼睛被医生治好,拆下眼睛上的纱布时,眼睛还未能适应许久未见的阳光,等晃眼的白亮赶走暂时的眩晕后,他第一眼看见的,是窗外高高挂起的五星红旗,那红照耀着窗子,红得耀眼,红得动人,红得令人热血沸腾,好像全身的血就要喷涌而出,去拥抱那久违的光明;那红,照在了他的脸上,也照进了他的心中,牵连起许久不平的波澜;又红得发亮,亮得有些刺痛他涩涩的双眼,他的睫毛一张一合,眼泪在眼眶里转啊转,大滴大滴的泪珠终于从眸子中喷涌而出,以势不可挡的气势冲破他心中的那扇窗,涌进了他的心怀,将那片波澜放大,再放大,直到,他沉静许久的心再一次掀起了久违的浪涛。

他终于知道,窗外是希望,真的是希望。

公共空间文明

"咫尺之间，皆有风景。"

米色的瓷砖与灰色的地砖拼接起一条条连绵的走廊，由远及近，建兰的同学们浸在明静的午后暖阳中，形影相伴，蘸上青春的色彩，聊着那些属于自己的小秘密。走廊上，遇见熟人，挥手问好，举止之间，默契悄悄蔓延。

食堂内，人群熙熙攘攘，同学们三五成群聚在一起，继续路上未结束的话题，吃饭成了一种闲暇。吃完盘中最后几口饭，把光盘放入盘堆中，这是我们应该做到的，节约粮食需做到光盘，为公共场所添加文明风景。

温和的阳光一波一波地叠合着，落入兰池的一刹那化作了秋,化作了建兰的风景。繁叶明竹,兀自零落的风被午后的风景拼凑在一起,拂动池水泠响。闲暇的同学们走过兰池,青石板在欢脱的脚步下,将岁月的青苔折射出青春的活力。同学们洋溢着独属于建兰学子的朝气,融入了建兰的风景。

兰池的尽头,将这青春的风景送入了操场,篮球在一双双手中交替着,与幽绿的地面碰撞着,打出建兰的活力,投掷着球,白色的球网一次次和球面发生摩擦,矫健的步伐踏出又一道景色。

而球场附近,几个空塑料瓶静静地躺在场地上。但建兰学生却能让不和谐的风景变得不同。我们应该随手捡起地上的垃圾,即使在交谈中,也应留心脚边垃圾,捡起并放入垃圾桶,让垃圾折射出不一样的风景。

投放公共场所的垃圾定然能装饰整个风景,而垃圾分类投放会让景色更加完美。建兰中学实行垃圾分类已有一段时间,塑料瓶、饮料瓶应去除外包装,拧下瓶盖,用清水冲洗后投放。大家熟知的行为,践行起来定能为建兰再增加一道风景线。

　　风景延伸进兰语咖啡吧,木制的椅子,规律地反射着桌面上绿萝的青釉,慵懒沉默的灯光透过温热的玻璃,穿梭交错,寻找着属于自己的风景。咖啡吧总是知晓风景的线头,准确地将它从时间布匹中抽出,散落在寻找共鸣的同学身上。拉开椅子,坐在被灯光照出热情的椅子上,填满的心得到了知己,将所想所念迫切地表达出来,终于,无瑕的笑容,和谐的聊天,又拼进建兰的美丽风景。

　　一窗之隔,同学们仍在继续着交谈,时不时笑着,结束聊天后却将矿泉水瓶留在桌子上,这样的行为将风景添上刺目的一笔。我们不能将垃圾留在公共场所,这样的行为会破坏公共场所的文明风景。

　　专属于书的馥郁,游荡在图书漂流角,一切,都静静的,书页在渴望知识的双手中快速翻动着,早已不知抚摸过多少遍的故事,却在每一位同学中各有不同;读到精彩之处,又不禁转身与同伴交流。埋藏在时间深渊的知识,本已几欲昏睡,但建兰同学求知的手,又将它从渊底拉出,又一次与时间浅唱,同学们热烈的讨论又让无尽的黑暗恢复温度,她们的眸子中散发出透彻的光芒。建兰图书漂流角与其所带来的魅力，让每一位求知若渴的学生得到满足。

公共阅览区也是这番景象，垂柳微动，光斑将这一切虚化，镜头拉回到认真阅读的同学们身上，远处的女生小声交流着，分享阅读的快乐。另一旁，男生在幽寂的蝴蝶兰下，享受着自己的快乐，手摩挲着崭新的书页，留下属于自己的痕迹。

上课铃将思绪拉回现实，将书随手一扔，打破了宁静的风景，这样的行为显然是不对的，书固然散发着难以掩盖的光彩，可这一行为将恬静添上瑕疵，我们应将图书原拿原放，整齐归位，图书的浅唱中才会有和谐的旋律。

文明举止早在那刹那逝去，可有序文明的公共场所场景如廊柱林立，文明触手可得，公共空间文明如同在宇宙间失重，不可或缺。

何妨年少

我掀起卯时日出下的天幕,瞅见了意气风发的人儿从东方缓缓走来。

是弱冠的少年掷地有声的宣誓,是花季年华的少女明月入怀的笑靥,也是七十周岁的中国最瑰丽的光彩。从己丑年的十月,天安门城楼上毛主席庄严地向世界宣告,占世界人口总数四分之一的中国人从此站起来了!金水桥前,是触手可及的红色的海洋,人们将自由点上光,任凭它们滚落在游行群众手中的花瓣上。到己亥年的十月,中国的发展果实铺满了十里长安街,遍地都是骄傲的欢呼与自信的目光。整个世界都看见正值青春的中国早已穿过庚子的硝烟,抚平甲午的浪涛,挣开辛丑的链绳,洗净柳条湖旁的铁轨残骸,渡过骇浪惊涛的长江,直面世界而来。

七十年不长,刚好让中国在空白的未来图纸上画出枝叶扶疏的脉络,它仍是白齿青眉的少年,觊角骎驹,颜丹鬓绿,可它早已头角峥嵘,跻身于世界前列。人们都在赞颂中国的伟大蓝图,宏远前景,也自有人会看见金马玉堂后的瓦灶绳床。

一桥飞架南北,天堑变通途。滚滚江流上建起武汉长江大桥,因耗资巨大而几经搁置的方案在多位桥梁专家的坚持下终于再次启动,新民主主义革命成功的纪念丰碑从此屹立在长江一侧。

罗布泊上空的东方巨响掀起了荒漠上沉寂已久的尘埃,中国第一颗原子弹突破多国技术封锁的枷锁,依靠科研人员日夜的摸索前行,在戈壁滩上腾空而起。中国大批人才任由现实磨去自己的名字,在妻儿眼里,他们是再平凡不过的人,就是这样一群平凡的普通人,凭借自己热爱祖国的平凡的心,为国家做出了不平凡的事。十五岁的中国,弱不好弄,壮志凌云,虽年少但前途无限。

浩瀚无垠的宇宙终会回响东方红的旋律,酒泉大漠上空的卫星直冲云霄,带着中国这个懵懂孩童好奇的眼眸,去地球之外看看新的世界,它看见了天圆地方之外的美丽,试图揭开渺茫星云之下的神秘。它可能不知道,几十年后的自己,又向星空迈进了一步。

四十余岁的中国依旧风华正茂,大概是处于志学之年的少年,它伸出渴求的双手将第一条64K国际专线接入中国,从此因特网在中国不再是个幻想。多年之后依托于互联网的多家企业接连创立,迅速成长,成为现在协助中国发展的IT公司。原来彼时的中国除了馥郁书香,还有蓬勃英气,创新视野。

当希腊女神将奥林匹克的橄榄枝掷向中国,当人民币被国际的大手放入SDR货币篮子,中国以最年轻饱满的姿态站在世界的面前。

此时的中国早已加冠,虽绿鬓朱颜,不及久经风霜的他国,但少年已经站立在东方之巅,祈守光明。

节 日

中元上灯，百鬼夜行。

传说，中元节是属于冥界众生的。

各种神秘色彩被加之于这个节日，使其扑朔迷离，然而，这个节日在现如今的中国被渐渐遗忘。节日来临，街头仍是熙熙攘攘，似乎没有顾及鬼魂，不知是不相信这些，还是真的已经忘了这个节日。

虽说中元节带有迷信的色彩，但在古代是被人深信不疑，推崇至极的。

老人总是会对孩子讲述这样一个故事："相传，有一名叫目连的修行者，得道之后很挂念逝去的母亲，用了法术看到母亲在地府的悲惨情况,十分心痛,想用法力将饭菜拿给成为饿鬼的母亲,却总是失败,后得知真相,母亲在世时种下不少的罪孽,死后万劫不复,于是集合众人力量,举行大型祭拜仪式,以超度一众亡魂。"

老人还会告诫孩子,这个节日按例要祭祖,用新米祭供,告诉祖先今年的收成,家家户户都会上坟,举行盛大法会,祈福吉祥。这时还要燃河灯,济孤魂。人为阳,鬼为阴,陆为阳,水为阴,放河灯,来度水中的孤魂野鬼。

傍晚,河边,桥上,早已挤满了人,他们心中没有原本的害怕,此时,有的只是对逝者无尽的敬畏。

卖花灯的小童开始叫卖,人们纷纷上前买下一盏,在精致却又质朴的花灯中央摆上一根蜡烛,带上亲笔写下的心愿,虔诚地点上灯,将它放入河流之中,让它随波逐流。

千万盏花灯汇集在河水中,星点灯火,在似水黑夜中摇曳,人们虔心的祝福化作灯的舟楫,花灯缓缓向前漂去。

上灯,在古人心中是神圣又虔诚的,花灯是他们对亡亲、逝友的衷心祝福,是他们对未来的美好愿景,在此时,花灯聚集成无数火光,点亮整个河面。

一盏花灯，一方心愿。一次上灯，无数虔诚。

而现在，很多人心中却十分避讳这个节日，他们认为中元节是不吉利的，虽然没有在行为上表现出来。

若中元节真有逝魂归来，那么，这些出来游荡的亡去众生又有何错呢？他们还没能享尽人间繁华，便永久地告别了这个世界。现在，他们回来，只是想再看看这个留恋的地方，看看亲人是否安好。他们是无力的，能做的只有远远望着。

中元节正从人们意识中消散，越来越多的传统节日正在被中国人遗忘，而这些节日在古时，都被人们寄予了无数的美好愿景。

愿逝去的那些人日后还能有回来看看这个世界的机会，虽然我不知道这个节日是否真实，但中元节一定是神圣虔诚的。

点上河灯，照亮亡者回家的路。

木棉花里的春节

立春之尾,雨水之始,年味悄然滴入料峭的南方,点亮二月的绯红。

街巷披上红装,红色在大街小巷中蔓延,成了春节的象征。木棉花在晕染红色的江南中,显得并不突兀,静静地,独放橘红。

木棉花在春节时呈现明艳亮丽的红色,像是水袖罗衫的女子,站在她最爱的河谷中,恋着温暖干燥的微风,与春节。

我家的老宅在温煦的地方,木棉花期便提前了许多,村里的孩子都知道,村头的木棉树开花了,春节就到了。

我站在墙头，踮起脚尖，伸手恰好能够到树枝，先是嫩黄的花蕊，从尚青的萼片中冒出，带着好奇打量着这个世界，很幸运，木棉花第一眼瞧见的，是老宅的春节，是喧嚣的春节。而后，浅浅的红色花瓣绽开，感受和煦。花朵流转着春节的繁华，小憩，感受来自春节的味道。

宅子里的年轻人在大年初一搬出梯子，将正开得艳丽的木棉花，就着除夕夜里的露珠一起摘下。那时我还没有这样的身手，只能站在树下，村民将装满花朵的竹篮抛下，我伸手接住，荡漾的木棉花擦着脸颊而过，甩了我一脸的露水，有些凉，说不出的舒畅。我知道，娇弱的木棉花伸出纤弱的双手抚摸我的脸颊，淡淡的清香，是春节迎面扑来的气息。

刚脱离梢头的木棉花被摆在两个竹篾里，竹条的清香与涩味交织在一起。一个竹篾被摆在老宅大堂里，等待着素手的拨弄，另一个被送进了后厨，期待味觉的碰撞。

手巧的女人们用红绳将木棉花串在一起，六朵象征顺利，八朵象征兴旺，略微粗糙的绳子穿过尚且青涩的花蒂，汁液从裸露的茎中渗出，发涩的气味在上空游走，挑动着我的嗅觉。绳子被编成中国结,长长的穗子垂挂下来,在春节的熹微中浅浅地笑着,迎接新的一年。我笨拙地把红绳穿过细小的针眼,将含笑的木棉花穿成一串,歪歪斜斜,竟也错落有致,有着独特的美。

另一头,村民们从自家的桶中捞出一大勺蜂蜜,各种花酿出的甜味在厨房中交织,倒是有了和谐的味道。强壮有力的大手将它倒入热锅中,火苗慢慢地舔着锅底,微显金黄的澄澈液体在锅中冒着泡,等到筷子挑起,可以在筷尖交缠、旋转、起舞时,又被倾泻而下,与鲜嫩的花瓣交融,凝固成透明的固体。

月上枝头,人们聚集在村头的木棉树下。虽然由于我学业繁重,好久没有回老家看过了,村民的热情却丝毫不减,拉着我,走到了长桌前。菜品繁多,放在长桌正中央的便是由今早刚摘下的木棉花制成的菜肴。我夹起一朵,不难入口的甜涩味在口中蔓延——是微甜的蜂蜜和涩涩的木棉花交织的味道。心下一阵惊喜,原来木棉花是如此滋味。

酒过三巡,村中德高望重的老人将串好的木棉花发给村民,当老婆婆走到我面前时,她对我低声关怀。我不由一阵感动,看看春节,又多了一点人情味——是关怀。

我入睡前,将木棉花挂在床前,这是村子里的传统,以保佑一年的幸福。我又想起木棉花的花语——珍惜身边的幸福,木棉花的明丽何尝没有带来幸福呢?

我枕着春节夜晚的箫声锣鼓,鼻尖传来淡淡的木棉花香,幸福地,慢慢睡去。

幸亏我来过

梅子又熟了,涩涩的香味让我庆幸:幸亏我来过。

家中种了满园的青梅,由曾祖父精心照看着,一到夏天,一树的青色便会铺满整个木架,青得发白的果实从大片大片的叶间冒出,好奇地打量这个世界,再慢慢地转为亮得诱人的绿色。根蒂一点白,缓缓地晃着,惬意,流转着时光。虽说生得一副好模样,但那苦涩的酸味让我喜欢不起来。

当第二批梅子还未成熟,曾祖父就撑不住他孱弱的身子,住进了医院。他向来是坚强的,即使大病当前,也不曾皱过眉。

繁重的学业使我早早地回到家,未等到第一批梅子采摘立时,就转身投入了题海。自然,曾祖父住院,我也只来得及看上一面,那时的他脸还依旧是红润的,身上依旧是那涩涩的梅香。

　　梅子已经摘过了三批,家中打来电话,让我们去看看曾祖父,他很是想念我们,听到消息后,我本因课业不想去,但心中有个声音在告诉着我——

　　"一定要去,如果不去你会后悔的。"

　　这使我答应了下来,但终是不情不愿地,就这样进了曾祖父的病房。

　　进门却没有闻到涩涩的梅香,刺鼻的酒精味有点呛人,令我忽然有点怀念那梅香。曾祖父床头是一筐青梅,大概是今年最后一批梅子吧,依旧是绿得新鲜,亮得诱人。

　　曾祖父听见脚步声,缓缓睁开浑浊的双眸,微弱地笑着:"你来了呀,等你好久了。"心中不免一动,也顾不得酸得令人发指的青梅就在一旁,连忙坐在床边。以前因为不爱那酸酸的青梅与涩涩的梅香,总是躲着曾祖父,使得我们之间的关系有些生硬,有时被父母强迫吃了酸到牙床颤抖的梅子,甚至有些怨恨他为什么要种下满园的梅子。

我们就这样相互望着,好像有一个世纪这么长了吧。我忽然瞥见曾祖父手上的皱纹和皲裂的痕迹,掌纹竟有些发青,再看看一旁饱满的梅子,心中就生出一条裂纹——忽然不怎么厌恶青梅了,毕竟那是曾祖父半生的心血。

不知怎地,已经很久没有吃梅子的我,鬼使神差地将手伸向那筐青梅,一口咬下,依旧是酸酸的汁水,但那味道过去后,只留下甜甜的果肉与涩涩的梅香。我原本只要尝到那酸液就会将它丢弃,但现如今却一连吃了许多颗。

抬头看曾祖父露出满意的笑,欣慰地点了点头,终于赶在他生命的末尾,打开了我们的心结。

我走后几日,便传来曾祖父去世的消息。听说他走的时候带着满意解脱的笑,也许那满意不全是因为我,但也应该有我的几分原因。

梅子又熟了,涩涩的梅香又传来,幸亏我来过。

走十六里路，寻梦去

我不知道将去向何方，但我已经在路上。

上路前的一百天，你我兜兜转转，都是登上这山之巅的少年。孟春的煦风吹皱校服衣袖，吹得猎猎作响。我们用木牌和红绳做了一个认真的梦，透明的心生于祈愿，但长于奋斗。从此，后脑勺的帽兜便开始盛起一整个夏天。

我走前的那个午后，渗出领口的冲劲就快要浸透脖颈，顺着袖角螺纹打湿明亮剔透的心，独一无二的棱角在盛夏的阳光下折射出四溢的流光，是梦想的颜色啊。脑后飘飘扬扬，悄悄攒起的日日夜夜将我一点点摁入紧张的空气里。没有溺水的恐惧，我放心纵身沉入这片安静的海，周围是一层透明的薄膜,一如我透明的心,将手轻贴在上面,把头歪倚在上面,就能听见千声万声温柔细语,句句叮咛。

我是寻着梦的人。

第一里路,炽热而又滚烫。手忙脚乱,跌跌撞撞,身边是明艳的红,像七月流火擦过这可爱的人间边缘,点燃这条可爱的路,目光所及都是可爱的人。我在这条路上,伸手便是凉风,侧目即是绿树,但我走得不易,步履匆匆,却步步坚定。在这条路外的人,抬头便是晴天,扭头即是太阳,在这条路上的人艰辛,路堤上等待的人又何曾轻松?我们走在这条路上,回头便是他们,转身即是温暖的守候。这一里路,我们一起走,脚印深深浅浅,数了数,刚好三百一十步,不多不少。

我是寻着梦的人,不停歇。

第二里路,明亮而又潇洒。指引的路线像极了之前走过一里的方向。走过二百二十步的人,洒脱笑靥里,上扬的嘴角弧度,不偏不倚,与地球另一端,早上六点的加州六十六号公路尽头的地标弧度吻合,新生的朝气,自信蠢蠢欲动。三时十分的铃声想起，是这路上的狂欢。这一刻，梦不只属于我，也不只属于你，属于曾经、现在和未来寻梦的每一个人。在这条路上没有所谓捷径，每一个分岔路口前，自己选择的那条路就是最好的。蓝天白云也好，黄花绿草也罢，就算狂风暴雨又何妨，这就是自己的道。这是我的路，它不一定是阳光大道，也不一定是一尺小巷，羊肠小路又如何，泥泞山路也不错，只要在寻着梦，便一切都好。

我是寻着梦的人，不停歇，但偶尔也会看风听鸟，等风过了，鸟飞了，我手里的茶凉了。

第六里路到第七里路，惆怅却又崭新。我们用一千零九十五个日日夜夜来编织这个纯白的童话。我们将时针拨动一圈又一圈，直至第五圈，却怎么也推不动它。抬起头，是了，又快到分岔路口，道旁的引路者已要返程。来时人海泱泱，但回时注定孤身一人，寂寞无言，又重新回去迎接新的生命，牵起他们稚嫩的双手，再向这路走来。我们却不能回头，义无反顾地向前走，带着他们的期望，只能再向那些身影深深鞠上一躬，说一句谢谢与珍重。我仍会记得,离别那天,正值夏至。

我是寻着梦的人,不停歇,但偶尔也会看风听鸟,等风过了,鸟飞了,我手里的茶凉了。不过没关系,幸好我的时间还很长,足够重新煨暖。

第八里路,直到第十里路,忐忑而不定。一壶的不安从头顶灌下,让我的思绪昏昏沉沉,我晃晃脑袋,将水甩出发梢,但它终究湿了。此时此刻,走在不同岔路的两万多人,一同抬头,目光交汇处,是闪闪发光的同一处。三个数字大笔一挥,将三年里白日的嫩尖掐去,连上黑夜的衰尾,两万人不能拥有两万个不同的数字,但每个数字对于每个上路的人都意味着不同的梦。是夜伸出了修长的指,攥紧了拳头,失意与悲伤从指缝间冲泄而出,滴入无尽的鸦黑,沿着这条路滋润着足下的土地。而雀跃和怡悦,嬉笑着躲进了掌心的纹路,在这夜中熠熠生辉。

我是寻着梦的人,不停歇,但偶尔也会看风听鸟,等风过了,鸟飞了,我手里的茶凉了。不过没关系,幸好我的时间还很长,足够重新煨暖。我把杯盏放在心窝上,小心翼翼地捧着。

从第十一里到第十五里的漫漫长路,只剩下等待的踌躇与局促。路上的人不知道走完这五里路后,自己将何去何从。但是因为心中有梦,便不再惧怕前路未卜。我看见梦想正提着灯火,一蹦一跳地向我走来,欢脱地拉着我的手,朝路的那头跑去。我不知道路口等待我的是什么,但欢喜失落我一并揽下,我的口袋里有了过去与现在。一切对于我来说都是新的存在,欢喜于我是灿烂繁星,失落于我是警钟孤鸣,而寻梦路上的你们于我是最温暖的光明。

我是寻着梦的人,不停歇,但偶尔也会看风听鸟,等风过了,鸟飞了,我手里的茶凉了。不过没关系,幸好我的时间还很长,足够重新煨暖。我把杯盏放在心窝上,小心翼翼地捧着。好啦,快到路口了,我该放下你了。

第十六里路,是释然与重生啊。是谁的手大笔一挥,将岔路口的指向标填上了方向,有些人从天堂滚落坠地,跌入泥潭兀自黯淡;有些人却从命运广场步步走向高坛,披上胜利的光辉;有些人如履平地,继续向梦的方向走去。所有路上的人聚集在车站,攥着手中的数字依次排列。我看见命运掰开了青春的手指,将我的同伴从身边接走,走

走十六里路,寻梦去

向另一个路口。我在原地等待,等着命运牵起我的手,身边的同行者越来越少,他们笑着和我说再见,我目送他们走上美好的前程。心中无力,但仍报之以微笑,因为我知道,即使哭着乞求这些熟悉又可爱的人别走,命运的齿轮依旧会毫不留情地碾过我的脊梁,继续重复单调的声音。我愿笑着祝福这些我爱的人,将豆蔻梢头最饱满的果实折下,插在他们的发间,偷偷将整片星空别在他们的耳畔。

我是寻着梦的人,但我真的好累,好想停歇,就此作罢。

我像幼稚园中的孩子,看着同伴接连被接走,去往他们该去的地方,自己却不知所措。命运啊,如果您还在的话,为什么迟迟不来接我?我也想有一个归宿,请您给予我一次救赎。您将排在我前面的一个寻梦的人塞进了通向第二个路口的巴士的最后一个位置,然后缓缓向我走来。不,我忽然不希望您向我走来了,就让我一个人留在这里吧,第三个路口迷雾丛生,我知道这是属于我的路,但我还未准备好去面对。您低下了巨大的头颅,在我耳边低语:就算匍匐爬行、缓慢前进,也比留在原地好上太多。您趁我愣神的工夫将我轻推上路,附带的一句好运在我脑门上打转。

对,我是寻着梦的人,爱我所爱,行我所行,听从我心。当我走上这条路时,纵然隔壁的花路如何灿烂,其他的风景也与我无关。

我会认真地走我的路,认真地寻找我的梦,倾尽一生地去认真,因为当我疲惫不堪,再回头时,希望看见的是过去的路上开满了认真的花,不留遗憾;因为我知道,我的梦无与伦比,无可替代。

乾坤已定,那就让我来扭转乾坤。因为我的路,不止十六里。

他们说

他们很少说,我爱你。

很抱歉,在我出生之前,他们就已经相遇,相识,相知,相爱,相守。我并不清楚这其中的因果由来,不能为你将连枝共冢的感情娓娓道来,他们也从未在我面前提起过,好像这一切本应就如此自然,水到渠成。

包括,他们是我的父母这个事实。

我又看见他们的背影了。

我的母亲已经被时间赶着走向知命之年,依旧不甘心地想重握青枝绿叶,可额间的白发将赤裸裸的现实拎到她面前,打落她向过去伸出的手,催促着她快些往前走。她只好拿起染发膏,企图掩盖自己老去的事实。

她总是坐在自己的梳妆镜前,只留给我一个微微弯曲的背影。

从软管里挤出的不是刺鼻的染发膏,而像是发酵了的朝夕勾着少年的指尖,偷来的半点青春。她大概是觉得自己的脸庞已经撑不起黑色之重,在调色的盒子里捣鼓了半天,总算是凑出了淡淡的茶褐色。

她低头摆弄的背影分外认真,她好像很久没有用心去做一件事了。

她扶正了镜子,掀起额前的头发开始染色。"对镜贴花黄"用在她身上似乎不太恰当,她既没有灼眼的金纸、精致的花钿,也没有芳华可以带她在梦里翩跹上天。待她拾掇完自己视线所及的头发,脑后的白发却由不得她做主。她总是苦恼地嘟囔着,抱怨自己的手脚不够灵活,被够不到发根的事实气得跺脚。

他总是上前轻轻挽起她的烦恼丝,笑着说没事。

我的父亲轻轻接过她手里的刷子,扶上她的脖颈,将她的脑袋微微下低,随意地扯了木凳坐在她身后,有时是半蹲着,开始染她的头发。

他的身高蹲下来刚好与坐着的她的后脑勺持平,我虽是从背后看他俩的,但是我猜,他的眼中定是关切和小心。他托起她的头发,使她脑后白发的根部露出来。她留的并不是长发,发尾还未能扫过肩头,让染发没有那么麻烦。我能听见刷子上的细毛掠过发质较硬的头发时沙沙作响的声音,岁月在低鸣,无声呢喃。

是时光越过罅隙,温柔地拥抱他们的背影。

他并不是个细致的人,手脚未免有些笨拙,偶尔会扯疼了她的头发。别问我单看背影为何会知道,因为她会疼得叫出声,然后他会慌乱地道歉,清清嗓子继续为她染发。她嗔怪的眼神永远是这过程中最奇妙的东西,在这之后两人就会陷入沉默,她开始毫无目的地翻着已经看过一遍的书,他低下头再涂抹已经染过一遍的头发——

都是不善言辞的人啊。

这个背影让我相信,他是爱她的,尽管他从不说出口。

柔和台灯下的剪影,她心安理得地坐在矮桌前,盯着镜中自己的脸庞出神,他自然而然接过物什,不厌其烦地染这令人头大的白发。模糊之中，两人的背影渐渐重合在一起，我看见十几年的时光把他们的爱情逐渐打磨成亲情，支撑着他们走完余生。

　　我突然想起来，他们说过，只是岁月托付，与爱无关。

虽告别，但仍会有那场雪

我一直很想再看一场亭台水榭间的雪。

看初一尚且青涩的你们将时间叠成最美的样式，像最慵懒的九月猫，伸出爪子挠着流年，揉皱岁月成了波纹，再用自己最纯粹的热情，义无反顾地填满缝隙。那份对未知的懵懂与冲劲，能将闷热戳出一个洞，好奇从里面溢出，浸满了春华秋实。其实你们是最好的，只是自己不知道。

十四岁的你们是最独特的，你们永远都不知道自己的光芒已经照亮了楼阁窗棂的每一处角落，立夏的鹅黄随着无边的明媚滴入苦竹连阵的江南，躁动而不安。愿你们终长成人，心如止水。

我还想看成片的青苔晾在那方澄澈的池子里，与久违的和风暖阳挤在卵石之间，看水光粼粼，生着光生着夜，看星辰从屋檐中漏下，光影交错间，少年踏着梦，脚下生光，从远处走来。

　　我也想看满池的锦鲤，一尾尾跃出水面，带起波澜涟漪，听东风呼啸间，最温柔的梦呓；听时间抽丝剥茧时，少年风轻云淡握笔，也握住命运的轻响。

　　我有很多想去做的事，但告别，跨上白驹，踏过罅隙，直面我而来。

　　我不能再轻嗅雨后的潮湿水汽，揉着白眉勾勒出的骄傲，闻昏昏沉沉间，风油精的尾巴撬开易拉罐拉环，迸溅出的柠檬茶气味；闻笔起笔落间，少年自信微笑的甜腻。

　　我不能再舔舐午后的酸奶瓶盖上的余渍，不能用舌尖掠过唇齿，拂过上唇咖啡的泡沫，不能再用最自信的声音，回答老师——我可以！

　　你说告别是一场梦，梦酣之后，曲终人散场。不，告别是一场雪，雪化了之后，软红香土之上，还有我的足迹。

　　不会忘记，华灯初上，灯红酒绿下我们前进的身影。

虽告别，但仍会有那场雪

不会忘记九点的钟声之后，街灯光影间，我们离去的疲惫脚印。

我们宁愿守着九月的炽红，十月的风，十一月的绯白，十二月的迷惘与一月的执着。不顾二月的星光点点，三月的奔跑，四月的幼绿，五月的泪，也要换来六月的明亮。

我做了好长的梦，梦见我踏上征程，中考在向我挥手笑，梦见我与几万考生一起挥笔案间，一同奋斗，梦见我走出试场，天上都是飞舞的白鸽，书本跌落在青石砖上，成了最美的六月桔梗。

我也梦见了告别，它向我招手，与我拥抱。恍惚间，它并没有那么可怕，而是轻推我，将我送上新的旅程。

我还梦见，我去到的那个地方也有亭台水榭，白墙黛瓦，也有一场雪。